AS GAEILGE

Irish short stories with English translations

by Dymphna Lonergan

ISBN 978-0-6488957-8-7

This edition first published in 2022 by immortalise
www.immortalise.com.au

Typesetting and cover layout by Ben Morton
Illustrations and cover art by Alesha Brewer

To my daughter Kate:
thank you for your advice, encouragement,
language chats, and wisdom.

Acknowledgments

This book started out as a learning aid for my Irish language friends in South Australia and ended up as a way of recording some events in my life.

I am grateful for the feedback from early readers on the characters and events. They gave me great insight into my writing influences as someone who has spent most of my adult life in South Australia but whose Ireland cultural imprint is still strong and influential.

My gratitude also to members of the Irish language community in Melbourne, Sydney and Perth for their enthusiasm and encouragement, especially Julie Breathnach-Banwait, Tomás de Bhaldraithe, and Colin Ryan.

As Gaeilge

Irish short stories with English translations

by Dymphna Lonergan

Contents

The Lillipilly Tree

The Lillipilly berries are falling on my new SUV', said the next-door neighbour. No 'Hello', or 'How are you,' or even 'G'day'. But she was not in Ireland now. She was in Australia, South Australia. And she has been here for over forty years.

She followed the finger pointing at the huge tree in the garden and then towards the car in the driveway on the right. She saw the little red berries scattered around on the ground. 'That's called a 'Ute', she said to herself looking at the car. A new Australian English word she heard forty years ago. 'And don't forget 'schooner' and 'midi', said her husband from the grave. She smiled to herself remembering him.

A strange look came over the next-door neighbour's face, and she came back to herself and listened intently to him. 'Oh, I see the problem', she said. 'These berries are present for a short time throughout the year, but they don't bother me'. 'Well, they bother me when they fall on my new car'. The tone startled her. She stiffened.

She looked from the tree to the SUV and then to the anxious face. He was still young. Maybe in his thirties. The same age she was when she came to Australia with a husband and toddler who was now married with his own family. But the next-door neighbour was separated from his wife and child, living alone, taking care of himself and the new SUV. The Australian accent broke in on her again talking about the cost of cutting back the branches 'Okay', she said. 'Do that'. And she closed the door slowly.

An Crann Lillipilly

'The Lillipilly berries are falling on my new SUV', a dúirt an chomharsa bhéal dorais. Gan aon 'Dia dhuit', nó 'Conas atá tú,' nó fiú amháin 'G'day'. Ach ní raibh sí in Éirinn anois. Bhí sí san Astráil, san Astráil Theas. Agus bhí sí anseo le breis agus daichead bliain.

Lean sí an mhéar a bhí ag díriú ar an gcrann ollmhór sa gairdín agus ansin i dtreo an chairr sa chabhsa ar dheis. Chonaic sí na sméara beaga dearga scaipthe timpeall ar an talamh. 'Tugtar 'ute' air sin,' a dúirt sí léi féin ag féachaint ar an gcarr. Focal nua i mBéarla na hAstráile a chuala sí daichead bliain ó shin. 'Agus ná déan dearmad ar 'schooner' agus 'midi',' a dúirt a fear céile ón uaigh. Rinne sí miongháire léi féin ag cuimhneamh air.

Tháinig cuma aisteach ar aghaidh an chomharsa bhéal dorais, agus tháinig sí chuici féin agus chuir cluas uirthi féin. 'Ó feicim an fhadhb,' a dúirt sí. 'Bíonn na sméara sin ann ar feadh tamall beag i rith na bliana, ach ní chuireann siad isteach orm'. 'Bhuel, cuireann siad isteach ormsa nuair a thiteann siad ar mo charr nua'. Bhain an tuin sin preab aisti. Sheas sí ann go righin.

D'fhéach sí ón gcrann go dtí an SUV agus ansin ar an aghaidh imníoch. Bhí sé óg fós. B'fhéidir ina thríochaidí. An aois chéanna a bhí aici nuair a tháinig sí chun na hAstráile le fear céile agus lapadán a bhí pósta anois agus a chlann féin aige. Ach bhí an chomharsa bhéal dorais scartha óna bhean chéile agus a pháiste, ina chónaí ina aonar, ag tabhairt aire dó féin agus don SUV nua. Bhris an blas Astrálach isteach uirthi arís ag caint faoin gcostas a bhain leis na craobhacha a ghearradh siar. 'Ceart go leor', a dúirt sí. 'Déan é

Walking through the living room, she glanced at photographs from her childhood days that were on top of the piano. Some with her sisters and brothers, and some while alone, at school, in the garden, on the day of her First Communion. A white dress and a white veil and a pair of white shoes. She remembered that morning.

Two pairs of shoes, one white and one black patent. She loved the shiny black pair. 'You can wear whatever you like', said her Mum. Although she preferred the shiny black pair, she chose the white pair because she knew it was right. She knew it was not right to wear the black and white colours together on that day. Then she remembered the pair of red shiny boots she had bought with her first paycheck after leaving school. She wore them with a shiny white coat. The red and the white.

In the kitchen, she made herself a cup of tea and took it into the living room, and sat on the couch in front of the window. She looked out again at the red berries under the tree. Cute little balls among the white stones. She loved the white stones glistening in the sunlight all over the garden. That sight reminded her of the snow during her childhood. Footprints of the milkman who came early in the morning. Footprints of birds. Her own footprints and the snow crackling under her. Black and white. The simple life of the child. Unaware of the horrors to come.

The white and the red. The blood on the snow when she saw a road accident for the first time. She among a crowd on the other side of the road where a young boy was stretched out on the ground. A thick red stream flowing out of his head. 'He's a goner', said a

sin'. Agus dhún sí an doras go mall.

Ag siúl tríd an seomra suí, stad sí chun breathnú ar ghrianghraif a hóige a bhí ar bharr an phianó. Cuid acu lena deirfiúracha agus lena deartháireacha, agus cuid eile agus í ina haonar, sa scoil, sa ghairdín, lá a Chéad Choimaoineach. Gúna bán agus caille bán agus péire bróg bán. Ba chuimhin léi an mhaidin sin.

Dhá phéire bróg, ceann bán agus ceann dubh paitinne. Ba bhreá léi an péire lonrach dubh. 'Is féidir leat cibé rud is fearr leat a chaitheamh', a dúirt a Mam. Cé gurbh fhearr léi an péire lonrach dubh, roghnaigh sí an péire bán mar bhí a fhios aici go raibh sé sin ceart. Bhí a fhios aici nach raibh sé ceart na dathanna dubh agus bán a chaitheamh le chéile an lá sin. Ansin chuimhnigh sí ar na buataisí lonracha dearga a cheannaigh sí lena céad phá tar éis na scoile a fhágáil. Chaith sí iad le cóta bán lonrach. An dearg agus an bán.

Sa chistin, rinne sí cupán tae di féin agus thóg sí isteach sa seomra suite é, agus shuigh sí ar an tolg os comhair na fuinneoige. D'fhéach sí amach arís ar na sméara dearga ar an talamh faoin gcrann. Liathróidí beaga gleoite i measc na gcloch bán. Ba bhreá léi na clocha bána ag glioscarnach i solas na gréine ar fud an ghairdín ar fad. Chuir an radharc sin i gcuimhne di an sneachta le linn a hóige. Lorg coise an fhir bhainne a thagadh go moch ar maidin. Lorg coise na n-éan. A lorg coise féin agus an sneachta ag cnagarnach fúithi. Dubh agus bán. Saol simplí linbh. Aineolach ar na huafáis a bhí le teacht.

An bán agus an dearg. An fhuil ar an sneachta nuair a chonaic sí timpiste bhóthair don chéad uair. Í i measc dreama ar an taobh eile den bhóthar mar a raibh buachaill óg sínte ar an talamh. Sruth tiubh dearg ag sileadh óna cheann. 'He's a goner,'a dúirt fear in

man beside her. She had never seen so much blood in her life. Even when she bumped into a boy when she ran out of the school toilets. Her face was bleeding close to her left eye. She was taken to hospital and had to get stitches on account of it. And the following year, a boy died after playing with the cord from the curtains in the schoolroom at Christmas, the cord around his neck. 'In school!', Mum shouted. 'At Christmas!' That story pierced her young heart. The white and the red and death. The death of youth.

'Ah, Damien', her father used to say on Christmas day. 'Christmas wouldn't be the same without you'. Damien was a next-door neighbour. He came to her house in the afternoon on Christmas Day every year for a glass of lemonade and chocolate sweets. His Mum didn't have such things. They were a poor family. Dad dead as a result of a work accident. Damien was quiet and shy but he was comfortable with the cheerful man who welcomed him on Christmas Day. Damien only stayed a short time with them. When he had drunk the lemonade and eaten the sweets, he would say goodbye.

In his 21st year, Damien died in a motorcycle accident. That Christmas was not as usual. But to tell the truth nothing was as usual from then on. The children grew into teenagers. Dad grew older, quieter. The cancer as a small seed in his stomach.

She stood up and moved to the kitchen. She started washing the dishes. She looked out on the back garden. There was more space now since the gardener cut back the branches. The 'bottlebrush' had been struggling for the last few years but now there was room for it to grow properly. She loved the red flowers that grew on the 'bottlebrush' in the summer. It was so named because the

aice léi. Ní fhaca sí an oiread sin fola riamh ina saol. Ní fiú nuair a bhuail sí i gcoinne buachalla agus í ag rith amach as leithris na scoile. Bhí a haghaidh ag cur fola gar dá súil chlé. Tugadh chun an ospidéil í agus b'éigean di greamanna a bheith aici dá bharr. Agus an bhliain ina dhiaidh sin, fuair buachaill bás tar éis é a bheith ag súgradh le corda na gcuirtíní sa seomra scoile um Nollaig, an corda timpeall a mhuiníl aige. 'In school!' a ghlaoigh a Mam. 'At Christmas!' Chuir an scéal sin poll ina croí óg. An bán agus an dearg agus an bás. Bás na hóige.

'Ah, Damien,' ba ghnách lena hathair a rá Lá Nollag. 'Christmas wouldn't be the same without you'. Comharsa bhéal dorais a bhí i Damien. Thagadh sé chuig a teach sa tráthnóna Lá Nollag gach bliain le haghaidh gloine líomanáide agus milseáin seacláide. Ní raibh a leithéid de rudaí mar sin ag a Mham féin. Ba theaghlach bocht iad. An Daid marbh de thimpiste oibre. Bhí Damien ciúin agus cúthail, ach bhí sé compordach leis an bhfear meidhreach a chuireadh fáilte roimhe Lá Nollag. Ní fhanadh Damien ach tamall gairid acu. Nuair a bhíodh an liomanáid ólta aige agus na milseáin ite aige d'fhágadh sé slán.

Ina 21ú bliain, fuair Damien bás i dtimpiste ghluaisrothair. Ní raibh an Nollaig sin mar ba ghnách. Ach chun an fhírinne a rá, ní raibh aon rud mar ba ghnách ó shin amach. D'fhás na páistí ina ndéagóirí. D'éirigh Daid níos sine, níos ciúine. An ailse mar shíol beag ina bholg.

Sheas sí suas agus bhog sí go dtí an chistin. Thosaigh sí ag ní na gréithe. Bhreathnaigh sí amach ar an ngairdín cúil. Bhí níos mó spáis ann anois ó ghearr an garraíodóir na craobhacha siar. Bhí an 'bottlebrush' ag streachailt le cúpla bliain anuas, ach anois bhí spás ann ionas go mbeadh sé ag fás i gceart. B'aoibhinn léi na bláthan-

shape of the flowers was similar to that little brush used to clean out bottles. But isn't that a modern thing, a bottle brush? Don't say that shrub doesn't have another name. A Latin name, perhaps. Or it could be a native shrub and the native word was lost. She must search Google later.

The branches were bending in the wind. Branches. An Craoibhín Aoibhinn. That was the pen name of the writer Douglas Hyde. She thought of that man and the great work he had done for the revival of the language. The Irish language, 'a small flowering branch'. She only had school Irish. Dublin school Irish that she brought with her to Australia. She kept it alive and grew it. And she also started a family branch in South Australia. A son and a daughter, a grandson and a granddaughter. And all connected to the big family in Ireland via Facebook, and Zoom. What would she do without Skype and Zoom especially now and the pandemic in the world?

She took a duster from the cupboard and went back to the living room. She took down the photographs from the top of the piano and she wiped all the dust off the piano. She then put the photos back in order starting with the grandmothers and the grandfathers. She paused for a moment to look at the childhood photo taken outside the back door. There were five children. Perhaps her Mum took the photo and perhaps she was carrying Éamonn, the youngest child, at the time because he was not in the photo. Nóirín, the oldest, was behind. In the first row, Declan, and then herself who was about four years old. Every child has an apple in their hand, except Declan who was eating one apple and another apple in his

na dearga a d'fhás ar an 'bottlebrush' sa samhradh. Bhí an t-ainm sin air mar bhí cruth an bhlátha cosúil leis an scuab bheag sin a úsáidtear chun buidéil a ghlanadh amach. Ach nach rud nua-aimseartha é sin, scuab buidéal? Is cinnte go bhfuil ainm eile ar an tor sin. Ainm Laidine, b'fhéidir. Nó b'fhéidir gur tor dúchasach a bhí ann agus gur cailleadh an t-ainm dúchais. Chaithfeadh sí cuardach a dhéanamh i Google níos déanaí.

Bhí na craobhacha ag luascadh sa ghaoth. Craobhacha. An Craoibhín Aoibhinn. Ba é sin ainm cleite an scríbhneora Dubhghlas de hÍde. Smaoinigh sí ar an bhfear sin agus an sárobair a rinne sé ar son na hathbheochana teanga. An teanga Ghaeilge; 'a small flowering branch'. Ní raibh ach Gaeilge na scoile aici. Gaeilge scoile Bhaile Átha Cliath a thug sí léi go dtí an Astráil. Choimeád sí beo í agus chothaigh sí í. Agus freisin bhí craoibhín beag teaghlaigh tosaithe aici san Astráil Theas. Mac agus iníon, garmhac agus gariníon. Agus iad go léir ceangailte leis an gclann mhór in Éirinn trí Facebook, Skype agus Zoom. Cad a dhéanfadh sí gan Skype agus Zoom go háirithe anois agus an phaindéim ar fud an domhain.

Thóg sí éadach deannaigh ón gcófra agus chuaigh sí ar ais go dtí an seomra suite. Thóg sí anuas na grianghraif ó bharr an phianó agus ghlan an deannach den phianó go léir. Ansin chuir sí na grianghraif ar ais in ordú ag tosú leis na seanmháithreacha agus na seanaithreacha. Stad sí nóiméad ag féachaint ar an ngrianghraf ó linn a hóige a tógadh lasmuigh den doras cúil. Cúigear páiste a bhí ann. B'fhéidir gur ghlac a Mam an grianghraf agus b'fhéidir go raibh sí ag iompar Éamonn, an páiste ab óige, ag an am, mar ní raibh sé sa grianghraf. Bhí Nóirín, an duine is sine, ar chúl. Sa chéad ró, Déaglán, agus ansin í féin, a bhí timpeall ceithre bliana d'aois. Tá úll ina lámh ag gach páiste, ach amháin ag Déaglán a bhí ag ithe úll amháin agus ceann eile ina lámh chlé. Tá úll amháin aici

left hand. She has an apple in her hand and a sour face. She remembered why. She was annoyed with Declan because Mum had said to have only one apple to show to the camera. But Declan took no notice of her. She was always a good girl, but Declan was terribly naughty. All the children are smiling except for herself. Even Declan. You can see the smile in his eyes even though he has an apple in his mouth. All of their livres in front of them.

Now Noreen has Altzeimers. Over the years each child except for Mary spent periods of time in foreign countries. Michael in England at first and for the past twenty years in Spain. Declan spent ten years in Boston and when he returned to Ireland he moved to County Clare. The youngest child spent some years in England too. She in Australia.

She heard the birds piping and she looked out the window. There were two Piping Shries walking in the garden eating the red berries and others on the telegraph wire piping. No doubt spreading the news that there were good things to eat here. The Piping Shrike. White and black. Her childhood photos in black and white. And she thought about O'Driscoll from 'The Host of the Air', a poem she learned by heart in primary school, at the start of her life. 'High up in the air, a piper piping away'. Now she hears the same sound at the end of the world at the end of her life.

Would she see her native land again? Would she see snow falling again in her life. Thinking about the last paragraph of the famous short story 'The Dead', she imagined snow falling on her Australian garden. She imagined it falling on Dublin. On O'Connell's statue. On the Liffey. On the breasts and hands of the angels still with bullet holes. Now it was falling on all the young boys, on Damien's house, on all the Christmas days. On her father

agus tá pus uirthi. Chuimhnigh sí cén fáth. Bhí sí cráite le Déaglán mar bhí Mam tar éis a rá gan ach úll amháin a bheith á thaispeáint don cheamara. Agus níor thug Déaglán aird ar bith uirthi. Cailín maith a bhí inti i gcónaí ach bhí Déaglán amach agus amach dána. Tá miongháire ar na páistí go léir seachas uirthi féin. Fiú Póil. Is féidir an miongháire a fheiceáil ina shúile cé go bhfuil úll ina bhéal aige. A saol iomlán os a gcomhair.

Anois bhí Altzeimers ag Nóirín. Thar na blianta chaith gach páiste ach amháin Máire tréimhse i dtíortha iasachta. Mícheál i Sasana ar dtús agus le fiche bliana anuas sa Spáinn. Chaith Déaglán deich mbliana i mBostún agus nuair a d'fhill sé ar Éirinn, bhog sé go Contae an Chláir. Chaith an páiste ab óige roinnt blianta i Sasana freisin. Ise san Astráil.

Chuala sí éan ag píobaireacht agus d'fhéach sí amach an fhuinneog. Bhí dhá Piping Shrike ag siúl sa ghairdín ag ithe na sméara dearga agus cinn eile ar an líne teileagraife ag píobaireacht. Gan dabht ag scaipeadh an scéal amach go raibh rudaí deasa le nithe anseo. An Piping Shrike. Bán agus dubh. Grianghraif a hóige i ndubh agus bán. Agus smaoinigh sí ar 'O'Driscoll' ón 'The Host of the Air', dán a d'fhoghlaim sí de ghlanmheabhair sa bhunscoil, ag tús a saol. 'High up in the air, a piper piping away'. Anois cloiseann sí an fhuaim chéanna ag deireadh an domhain, ag deireadh a saoil.

An bhfeicfeadh sí a tír dhúchais arís? An bhfeicfeadh sí sneachta ag titim arís ina saol? Ag smaoineamh ar an mír dheireanach den ghearrscéal cáiliúil, 'The Dead', shamhlaigh sí sneachta ag titim ar a gairdín Astrálach. Shamhlaigh sí é ag titim ar Bhaile Átha Cliath. Ar dhealbh Uí Chonaill. Ar ucht agus ar lámha na n-aingeal a raibh créachtaí piléar fós orthu. Ar an Life. Anois bhí sé ag titim ar na buachaillí óga go léir, ar theach Damien, ar laethanta

and mother's grave. On the Craoibhín Aoibhinn and on the Irish language. On the living and on the dead.

na Nollag ar fad. Ar uaigh a hathar agus a máthar. Ar an gCraoibhín Aoibhinn agus ar an nGaeilge. Ar na beo agus ar na mairbh.

The Headlines

Bzzz, Bzzz, Bzzz. 'Here are the headlines. Paul Murphy, the weatherman from this station, has died'.

I looked at the clock: 05.15. Maybe I made an error setting the clock last night, because the headlines do not start at the quarter hour.

I got up anyway and walked slowly to the kitchen. I lit the gas and put the kettle on the stove. At the same time, I put a tea bag in a cup, filled it with water, and put it in the microwave.

I looked at the kettle on the stove. Stupid. I turned off the gas. I should be more careful. I suppose I was distracted because of the news about the weatherman. He was only in his forties. What happened to him?

I opened the cupboard looking for the cup I got recently for my birthday. It wasn't there, and it wasn't in any other cupboard in the kitchen.

I took the cup out of the microwave and opened the fridge. There were holly leaves on the top of the bottle. Why are there holly leaves there? It's July. Why is the weatherman dead? He was only in his forties.

I gulped down the tea looking around the kitchen and at the big red apples made of wood hanging on the yellow walls, and at the big painted tree on one wall. Hanging from the ceiling the white paper lampshade was swaying.

Na Ceannlínte

Bzzz, Bzzz, Bzzz. 'Seo iad na ceannlínte. Tá Pól Ó Murchú, fear an aimsir ón stáisiún seo tar éis bás a fháil'.

D'fhéach mé ar an gclog: 05.15am. Bhí sé sin ait, mar tosaíonn na ceannlínte go díreach ag an uair, ní ag ceathrú tar éis.

D'éirigh mé ar aon nós, agus shiúil mé go mall go dtí an chistin. Las mé an sorn gáis agus chuir mé síos an citeal. Ag an am céanna chuir mé mála tae isteach i gcupán, líon le huisce é, agus chuir isteach sa mhicreathonn é.

D'fhéach mé ar an gciteal ar an sorn. Seafóid. Mhúch mé an gás. Ba chóir go mbeidh mé cúramach. Bhí mé trí chéile mar gheall ar an nuacht faoi fhear an aimsir, is dócha. Ní raibh sé ach ina dhaichidí. Cad a tharla dó?

D'oscail mé an cófra ag lorg an cupán a fuair mé le déanaí dom bhreithlá. Ní raibh sé ann, agus ní raibh sé in aon chófra eile sa chistin.

Thóg mé amach an cupán ón mhicreathonn agus d'oscail mé an cuisneoir. Bhí duilleoga cuileann ar chlúdach an bhuidéil bhainne. Cén fáth go bhfuil duilleoga cuileann ann? An Iúil atá ann. Cén fáth go bhfuil fear na haimsire marbh? Ní raibh sé ach ina dhaicheadaí.

Shlog mé síos an tae agus d'fhéach timpeall na cistine agus ar na húlla móra dearga déanta as adhmad ag crochadh ar na ballaí buí, agus ar an gcrann mór péinteálta ar bhalla amháin acu. Ag crochadh ón tsíleáil bhí an scáthlán lampa bán ag luascadh.

I went into the sitting room. At the end of the room was a mural of a forest. There were three beanbag chairs scattered about the room. I sat down in one of them and put the television on. I looked at my watch and then selected Channel Nine. I listened to the news, the sport, and then I waited until the ads were finished with the weather forecast to come.

My phone rang. It was my friend Liam. 'Are you ready?' he asked. 'I'm waiting for more news about the weather man who has died', I said. 'Really?', said Liam. 'I didn't hear about that. Anyway, I'll be with you in around ten minutes.'

When I opened the door, Liam was there dressed in a black suit. 'You're not going to wear that to the funeral?' he asked. I looked down at the green vest and the yellow shorts.

At the funeral I saw the stars from radio and television. They were all sympathizing with each other. The voices rose, and I had to put my hands over my ears. Bag pipers started to play the music from the news. They were dressed in red shorts and holly leaves were hanging from their caps.

Following the pipers was my friend Liam, walking slowly, a high black hat on his head and wearing a green vest and yellow shorts. My birthday cup in his hand.

Bzzz, Bzzz, Bzzz. 'And that is the end of the news. Here is Paul Murphy with the weather'.

Chuaigh mé isteach sa seomra suí ina raibh múrphictiúr foraoise ar an mballa ag bun an tseomra. Bhí trí mhála pónairí scaipthe timpeall an tseomra. Shuigh mé síos i gceann acu, agus chuir mé an teilifís ar siúl. D'fhéach mé ar m'uaireadóir agus roghnaigh mé stáisiún a naoi. D'éist mé leis an nuacht, an spórt, agus ansin d'fhan mé go dtí go raibh na fógraí críochnaithe. Bhí am réamhaisnéis na haimsire le teacht.

Bhuail m'fhón. Mo chara Liam a bhí ann. 'An bhfuil tú réidh?' a d'fhiafraigh sé díom. 'Táim ag fanacht le nuacht níos mó faoi fear an aimsir atá tar éis bás a fháil' a dúirt mé. 'An ea?', a dúirt Liam. 'Níor chuala mé faoi'. Ar aon nós, beidh mé leat i gceann deich nóiméad'.

Nuair a d'oscail mé an doras, bhí Liam ann gléasta i gculaith dhubh. 'Níl tú chun é sin a chaitheamh don tsochraid?' a cheistigh sé. D'fhéach mé síos ar an veist ghlas agus na brístí gearra buí.

Ag an tsochraid, chonaic mé na réaltaí ón raidió agus teilifíse. Bhí siad go léir ag déanamh comhbhrón lena chéile. D'éirigh na guthanna níos airde, agus bhí orm mo lámha a chur thar mo chluasa nuair a thosaigh grúpa píobaire ag seinm ceol na nuacht. Bhí siad gléasta i léanta dearga agus le duilleoga cuileann ag crochadh óna gcáipíní.

Tháinig mo chara Liam ina dhiaidh. Bhí sé ag siúl go mall, hata mór ard dubh ar a cheann agus ag caitheamh veist ghlas agus brístí gearra buí. Mo chupán lá breithe ina lámh aige.

Bzzz, Bzzz, Bzzz. 'Agus sin deireadh na ceannlínte. Seo Pól Ó Murchú leis an aimsir'.

Splendour in the Grass

'Are we there yet?', Máiréad asked. Bríd didn't know, but she didn't want to admit that. She adjusted the straps on her backpack and walked quickly ahead until she reached the top of the road. Then she raised her hands and stretched them out in front of the scene.

Splendor in the grass came into her head and other lines from the poem 'Tintern Abbey'. Trá na Rosann beach was on the left and the youth hostel straight ahead. 'We're here now', she laughed turning around towards Máiréad who was now perched on the side of the road. Máiréad jumped up and ran to Bríd. Then they raced down until the road evened out.

As they walked on, the youth hostel was now on the left and they had to walk around it to find the path. Bríd was glad she remembered the way. Five years have passed. Eventually she saw the front door that was still difficult to open. She pushed it with her shoulder and they entered the foyer. Standing on the big rug, they looked around. There was nobody to be seen. They heard footsteps, and then Bríd recognized the grey head of the woman standing in the kitchen doorway. 'No one is here', said the sharp voice. 'They're all down in the pub'.

'But I'm really tired', said Bríd as they walked to the pub. 'I want my bed'.

'Well, I'm here for companionship', replied Máiréad. 'I'm not ready for bed'.

Áilleacht san Fhéar

'Are we there yet?', a d'fhiafraigh Máiréad. Ní raibh a fhios ag Bríd, ach ní raibh sí chun é sin a admháil. D'athraigh sí na strapaí ar a mála droma agus shiúl sí go tapa chun tosaigh go dtí gur shroich sí barr an bhóthair. Ansin d'ardaigh sí a lámha agus shín sí iad amach os comhair an radhairc.

'Splendour in the grass', a tháinig ina ceann agus línte eile as an dán 'Tintern Abbey'. Bhí Trá na Rosann ar chlé agus brú na hóige caol díreach ar aghaidh. 'Táimid anseo anois', a gháir sí ag casadh timpeall i dtreo Mháiréad a bhí anois suite ar thaobh an bhóthair. Léim Máiréad suas agus rith sí chuig Bhríd. Ansin thugadar rás síos go dtí gur éirigh an bóthar réidh.

Agus iad ag siúl ar aghaidh, bhí an brú óige ar chlé anois, agus bhí orthu siúl timpeall air chun an cosán a aimsiú. Bhí áthas ar Bhríd gur chuimhnigh sí ar an tslí. 'Five years have passed'. Faoi dheireadh chonaic sí an doras tosaigh a bhí fós deacair a oscailt. Bhrúigh sí air lena gualainn agus isteach leis an mbeirt san fhorhalla. Ag seasamh ar an ruga mór, d'fhéach siad timpeall. Ní raibh éinne le feiceáil. Chuala siad coiscéimeanna, agus ansin d'aithin Bríd an ceann liath den bhean a bhí ina seasamh ag doras na cistine. 'Níl éinne anseo', a dúirt an guth géar. 'Tá siad go léir thíos sa teach tábhairne'.

'Ach tá tuirse an domhain orm', arsa Bríd agus iad ag siúl go dtí an teach tábhairne. 'Tá mo leaba uaim'.

'Bhuel, táim anseo don chuideachta', a d'fhreagair Máiréad. 'Níl mise réidh don leaba'.

The pub was halfway on the road between Downings and Trá na Rosann. They had passed it on the way after a long journey from Dublin, hitchhiking since early morning. They were lucky to get a lift first to Newry and other lifts to Letterkenny, Carrigart and then to Downings. But they had no luck from Downings. There was no car on the road to the hostel.

Because she was extremely tired, Bríd remained silent on the way to the pub for fear of saying something mean. This was Máiréad's first time with her, and Máiréad's first time in Donegal. But this was Bríd's third visit and her first without her sister Nóirín. She was fifteen, and now she had to be the responsible one and to take care of Máiréad, as Nóirín had once taken care of her.

Three years had passed since she had seen Trá na Rosann for the first time, with Noreen on a bank holiday weekend. That first time the beauty impressed her: the sea, the mountains, the cute hillside hostel. The craic at night and young people from all over the world. Attractive Scottish and Belfast voices talking and singing at night. For fun, a yellow bench was put up in the sitting room between 'north' and 'south', each side singing their own songs. But the following year when they went back, it seemed to Bríd that Trá na Rosann was no longer so special. The place was great, of course, the craic, the chat, the singing, but Bríd had changed.

After her second visit to Trá na Rosann, Bríd read 'Tintern Abbey' by William Wordsworth at school. That was the first time she had read deep thoughts about humanity and nature. In the poem,

Bhí an teach tábhairne leath bealaigh ar an tslí idir Downings agus Trá na Rosann. Bhí siad tar éis dul thart air i ndiaidh turas fada ó Bhaile Átha Cliath ag síobshiúl ó éirí na gréine. Bhí an t-ádh orthu síob a fháil ar dtús chuig Newry, agus cinn eile chuig Letterkenny, Carrigart agus ansin go Downings. Ach ní raibh an t-ádh orthu ó Downings. Ní raibh carr ar bith ar an mbóthar go dtí an brú.

Mar go raibh sí cráite leis an tuirseach, d'fhan Bríd ina tost ar an tslí go dtí an teach tábhairne ar eagla go ndéarfadh sí rud suarach. Ba é seo an chéad uair a bhí Máiréad léi, agus an chéad uair a bhí Máiréad i nDún na nGall. Ach ba é seo an tríú cuairt ag Bríd agus an chéad gan a deirfiúr Nóirín. Bhí sí cúig bliana déag d'aois, agus anois b'éigean di a bheith freagrach agus aire a thabhairt do Mháiréad, mar a thug Nóirín aire di tráth.

Bhí trí bliana ann ó chonaic sí Trá na Rosann den chéad uair, le Nóirín ag deireadh seachtaine saoire bainc. Ar an gcéad uair sin, chuir an áilleacht spéis inti: an fharraige, na sléibhte, an brú gleoite ar thaobh an chnoic. An chraic san oíche agus daoine óga ó gach cearn den domhan. Guthanna tarraingteacha na hAlban agus Bhéal Feirste ag caint agus ag canadh san oíche. Le haghaidh spraoi, cuireadh binse buí sa seomra suite idir 'thuaidh' agus 'theas', gach taobh ag canadh a gcuid amhrán féin. Ach an bhliain dár gcionn, nuair a d'fhill siad ag an deireadh seachtaine céanna, dar le Bríd nach raibh Trá na Rosann chomh speisialta a thuilleadh. Bhí an áit go hiontach, ar ndóigh, an chraic, an comhrá, agus an amhránaíocht mar an gcéanna, ach bhí athrú tagtha ar Bhríd.

Tar éis an dara cuairt ar Thrá na Rosann, léigh Bríd 'Tintern Abbey' le William Wordsworth ar scoil. Ba é sin an chéad uair a léigh sí smaointe domhain faoin daonnacht agus faoin dúlra. Sa

the poet visits a beautiful place one year that impresses him very much. When he returns five years later, it occurs to him that he is not as passionate about the place as he was. The poet writes 'I cannot paint what then I was.'

Bríd recognized the second time she saw Trá na Rosann that she was older, more sensible, more worldly. The passion had gone. There was the same beautiful scenery, but Bríd had a different reaction to it. Nothing would bring back 'the splendour in the grass'.

Bríd loved the romantic poems, stories, and movies. She had a vision of the future and the special man that would be the love of her life. As a good Catholic girl in 1960s Ireland, she only knew of long sweet kisses and loving words. Now at fifteen, she was ready for true love.

'Are we there yet?', said Máiréad, getting tired now. 'It's a long way from Dublin city'.

'Yes, laughed Bríd and she sang 'It's a long way from Dublin city. It's a long way I know', like the famous song about Tipperary. 'Just think about those men down there who are waiting for us' laughed Bríd. The pair broke into peals of laughter and they ran the last kilometre to the pub.

The pub was full to capacity. Máiréad was excited looking around, and Bríd was glad then that they had come. As they were hungry and thirsty, they first found space on a bench to talk about what they would have to eat and drink. Looking ahead, Bríd saw a tall young man at the bar looking at her. He took her breath away. He looked like Paul McCartney, thick black hair down to his big

dán tugann an file cuairt ar áit álainn bliain amháin a théann go mór leis. Nuair a fhilleann sé ar ais cúig bliana ina dhiaidh sin, ritheann sé leis nach bhfuil sé chomh paiseanta faoin áit agus a bhí. Scríobhann an file, 'I cannot paint what then I was

...for nothing will bring back the splendour in the grass'.

D'aithin Bríd ar an dara huair a chonaic sí Trá na Rosann go raibh sí níos sine, níos ciallmhaire, le níos mó taithí aici ar an saol. Bhí an paisean imithe. Bhí an radharc áille ann arís, ach bhí freagairt dhifriúil ag Bhríd dó. Ní thiocfadh áilleacht san fhéar ar ais.

Is aoibhinn le Bríd na dánta, scéalta agus na scannáin rómansúla. Bhí fís aici faoina todhchaí agus faoin bhfear speisialta a bheadh mar ghrá dá saol. Mar chailín maith Caitliceach in Éirinn sna seascaidí, ní raibh a fhios aici ach faoi phóga fada milis agus focail ghrámhara. Anois agus í cúig bliana déag d'aois, bhí sí réidh don fhíorghrá.

'Are we there yet?', a dúirt Máiréad, agus í ag éirí tuirseach anois. 'It's a long way from Dublin city'.

'Sea', a gháir Bríd agus chan sí 'It's a long way from Dublin city. It's a long way I know', ar nós an amhráin cháiliúil faoi Thiobraid Árann. 'Just bí ag smaoineamh ar na fir síos ansin atá ag fanacht linn!', a gháir Bríd. Bhris an bheirt amach ina tríthi gáire agus rith siad an ciliméadar deireanach go dtí an teach tábhairne.

Bhí an teach tábhairne lán go doras. Bhí Máiréad ar bís ag féachaint timpeall, agus bhí áthas ar Bhríd ansin go raibh siad tar éis teacht. Mar go raibh ocras agus tart orthu, fuair siad spás ar bhinse ar dtús chun caint faoi cad a bheadh acu le n-ithe agus ól. Ag féachaint ar aghaidh, chonaic Bríd fear óg ard ag an mbeár agus é ag breathnú uirthi. Bhain sé a anáil di. Bhí cuma Paul McCartney

eyes. She couldn't figure out the colour of the eyes. She blushed and looked down at the bench. When she looked back, he was not there. Her heart sank. She turned to talk to Máiréad again, but she was talking to someone on her left.

'Would you like a drink?', Bríd heard on her right. She looked up and there was that boy, laughing. Shiny green eyes. 'I'd like…', she began to say, but he had gone back to the bar before he heard what she wanted. The bartender was calling out 'last drinks. Suddenly the crowd rose, and she moved with it to the door.

Then Máiréad was pulling her outside of the pub and then she was in the middle of a crowd that was gathered outside, separated from her friend. She looked left and right and then behind. She couldn't see Máiréad. But when she turned forward, that boy was there in front of her.

'My name is Sam Johnson', he said in a northern accent. Because the crowd was gathered under the roof out of the rain, Bríd and Sam were so close to each other that she felt his breath on her cheeks. 'My uncle is a member of the Orange Order', he said with concern looking down at her. She did not understand what he was saying, but she understood that it was important and that he was worried. Suddenly, the last of the crowd came out on them and Bríd and Sam were separated.

She didn't remember what happened after that, but in the blink of an eye Máiréad was pulling her to the road and then Bríd was on the back of a motorbike, her cheek against some stranger's leather jacket, the hot engine growling under her buttocks. Máiréad was

air, gruaig thiubh dhubh thíos go dtí a shúile móra. Ní raibh sí in ann dath na súl a dhéanamh amach. Las sí go bun na gcluas agus d'fhéach sí síos ar an mbinse. Nuair a d'fhéach sí ar ais, ní raibh sé ann. Thit a chroí. Chas sí chun caint arís le Máiréad, ach bhí sí ag caint le duine éigin ar thaobh a láimhe clé.

'Ar mhaith leat deoch?', a chuala Bríd ar thaobh a láimhe deise. D'fhéach sí suas agus bhí an buachaill sin ann, aoibh a gháire ar a bhéal. Súile glasa lonracha. 'Ba mhaith', a thosaigh sí a rá, ach bhí sé imithe ar ais chuig an mbeár sular chuala sé a raibh uaithi. Bhí an fear tábhairne ag glaoch amach 'last drinks.' Go tobann d'éirigh an slua, agus bhog siad agus í leo go dtí an doras.

Ansin bhí Máiréad á tharraingt taobh amuigh den teach tábhairne agus ansin bhí Bríd gafa i lár an tslua a bhí bailithe ann, scartha óna cara. Bhreathnaigh sí ar chlé, ar dheis agus taobh thiar di. Ní raibh sí in ann Máiréad a fheiceáil ar chor ar bith. Ach nuair a chas sí ar aghaidh arís, bhí an buachaill sin díreach os a comhair amach.

'Sam Johnson is ainm dom.', a dúirt sé agus blas tuaisceartach ar a chuid cainte. Mar go raibh an slua bailithe faoin díon as an mbáisteach, bhí Bríd agus an Tuaisceartach chomh gar dá chéile gur mhothaigh sí a anáil ar a leicne. 'Is ball den Orange Order m'uncail', a dúirt sé go brónach ag féachaint anuas uirthi. Níor thuig sí an méid a bhí ráite aige, ach thuig sí gur rud thábhachtach é agus go raibh imní air faoi. Go tobann, tháinig deireadh an slua amach orthu agus scaradh Bríd agus Sam as a chéile.

Níor chuimhnigh sí ar an méid a tharla ina dhiaidh sin, ach i bhfaiteadh na súl bhí Máiréad á tarraingt chun an bhóthair, agus ansin bhí Bríd ar chúl gluaisrothair, a leiceann ag brú i gcoinne

on the back of another motorbike. They reached the hostel within ten minutes. They thanked the men who were going home to wherever they came from. It was like that at that time. 'Passing ships in the night' as Bríd's mother would say.

Bríd and Máiréad headed to the girls' bedroom. Máiréad took the top bunk and Bríd 'the oldest' the bottom one. Máiréad fell asleep, but Bríd remained awake thinking about the night's adventures. Her poor heart stirred by the sight and voice of Sam Johnson. Was she dreaming? If not, where did he go? Was he staying in the hostel or had he gone back to Belfast? She had a disturbed night. Restlessness and growling in her body.

The next day Bríd and Máiréad were walking on the beach early in the morning. Máiréad was talkative but Bríd was quiet.

'What's up?', asked Máiréad.

'I'm a little tired', Bríd replied, 'I didn't sleep well because of the Northerner, I suppose.'

'What Northerner? The place was full of them.'

'He was at the bar and asked me if I wanted a drink? said Bríd. Don't you remember?'

'I don't remember that. We had no time for drinking.', said Máiréad.

'But I was talking to him outside at the end of the night', said Bríd insistently.

'Well, I didn't see him. We got a lift from two on their motor-

seaicéid leathair strainséir éigin, an t-inneall te ag drantán go híseal faoina tóin. Bhí Máiréad ar chúl gluaisrothair eile. Shroich siad an brú laistigh de dheich nóiméad. Ghabh siad buíochas leis na fir a bhí ag dul abhaile cibé áit as ar dtáinig siad. Bhí sé mar sin ag an am sin. 'Passing ships in the night' mar a déarfadh máthair Bhríd.

Thug Bríd agus Máiréad aghaidh ar sheomra leapa na gcailíní. Thóg Máiréad an leaba bhunc thuas agus Bríd 'an duine is sine' an ceann thíos. Thit Máiréad ina cnap codlata, ach d'fhan Bríd ina dúiseacht ag smaoineamh ar eachtraí na hoíche. A croí bocht corraithe mar gheall ar aghaidh agus guth Sam Johnson. An raibh sí ag brionglóideach? Mura bhí, cén áit ar imigh sé? An raibh sé ag fanacht sa bhrú nó an ndeachaigh sé ar ais go Béal Feirste? Bhí oíche chorrach aici. Griofadach agus drantán ina corp.

An lá dár gcionn, bhí Bríd agus Máiréad ag siúl ar an trá go moch ar maidin. Bhí Máiréad cainteach, ach bhí Bríd ciúin.

'Cad atá suas?', a d'fhiafraigh Máiréad.

'Táim beagáinín tuirseach', a d'fhreagair Bríd, 'Níor ndearna mé suaimhneas ar bith aréir mar gheall ar an Tuaisceartach is dócha.'

'Cén Tuaisceartach? arsa Máiréad. 'Bhí an áit plódaithe leo.'

'Bhí sé ag an mbeár agus d'fhiafraigh sé díom an raibh deoch uaim', arsa Bríd, 'nach cuimhin leat?'

'Ní cuimhin liom sin. Ní raibh am againn don ól.' arsa Máiréad

'Ach bhí mé ag caint leis taobh amuigh ag deireadh na hoíche.' arsa Bríd go seasmhach.

'Bhuel, ní fhaca mé é, arsa Máiréad. Fuaireamar síob ó bheirt

cycles. Don't you remember them?' asked Máiréad impatiently.

I do indeed remember', replied Bríd reluctantly. 'But the Northerner...'

Máiréad stopped and looked keenly at Bríd. 'Maybe you were dreaming about him.'

'Maybe I was', Bríd admitted.

'Now, let's go', said Máiréad. 'I'll race you to the cliffs.'

At the bottom of the cliffs, they were still energetic and decided to walk around the cliffs in the water, and then ahead to the end of the other beach. They took off their shoes and socks, tied the laces together and hung the shoes around their necks. The air was fresh and the sea was cold, but they stood happily in the water looking over the bay.

'I love this place', said Máiréad. 'I've never seen anything like it in my life'.

'Yes, it's wonderful,' said Bríd. 'Trá na Rosann is special to me. I think it will be special to you even if you never return. It's been in my blood for the past three years. Five years have passed. Five summers with the length of five long winters.

'What's that that passed?', Máiréad asked.

'Lines from a wonderful poem', said Bríd, and she told her the story about the connection between Trá na Rosann and 'Tintern Abbey' in her life. They stopped awhile looking out without saying a word. The bay spread out before them full of possibilities and hope.

ar a ngluaisrothair. Nach cuimhin leat iad?'a dúirt Máiréad go míf-hoighneach.

'Is cuimhin liom go deimhin', a d'fhreagair Bríd go drogallach, 'ach an Tuaisceartach…'.

Stad Máiréad agus d'fhéach sí go géar ar Bhríd. 'B'fhéidir go raibh tú ag brionglóid faoi.'

'B'fhéidir go raibh mé', d'admhaigh Bríd.

'Anois, seo linn', a dúirt Máiréad. 'Rásfaidh mé leat go dtí na haillte'.

Ag bun na haillte, bhí siad fuinniúil fós, agus rinne siad cinneadh siúl timpeall na haillte san uisce agus ansin ar aghaidh leo go dtí deireadh na trá eile. Bhain siad a gcuid bróga agus stocaí dóibh. Cheangail siad lásaí na mbróg le chéile agus chroch siad iad timpeall a gcuid muineál. Bhí an t-aer úr agus an fharraige fhuar ach sheas siad go sona sásta san uisce ag breathnú amach thar an mbá.

'Is aoibhinn liom an áit seo', arsa Máiréad. 'Ní fhaca mé a leithéid riamh i mo shaol'.

'Sea, iontach ar fad', arsa Bríd. 'Tá mistéir faoi leith ag baint le Trá na Rosann agus tá glaoch ag an bhfarraige seo orm. Tá sé i mo chuid fola. 'Five years have passed/five summers with the length of five long winters' a dúirt sí go smaointeach.

'Cad é sin?', a d'fhiafraigh Máiréad.

'Línte ó dhán iontach' arsa Bríd, agus d'inis sí scéal an cheangail idir 'Tintern Abbey' agus Trá na Rosann ina saol. D'fhan siad tamall ag breathnú amach gan focal eile a rá, an bá leagtha amach rompu, lán le féadarathachtaí agus dóchais.

'Now', said Bríd eventually, 'it's time to go back and say goodbye to those who will be moving on today'. They continued on happily back on the beach. Each with their own thoughts.

When they reached the cliffs again, they walked into the sea to walk around to the other side, but now it was up to their knees. 'The tide is coming in,' said Bríd. 'It's too dangerous to try to walk back this way'. She turned around and looked at the cliffs and pointed to the smallest one. 'We have to climb the cliff'. 'Let's go, hurry', and she started to run.

'I can't,' said Máiréad, catching up with her.

'You can,' replied Bríd looking around. 'It's a steep rise, but it's covered with grass. Here you go', and she pulled Máiréad's hand.

Máiréad withdrew. 'I can't because I'm worried, I'll fall', she said.

'If you slip, I'll catch you', said Bríd.

They put on their socks and shoes and ran to the bottom of the cliff. 'Wait a minute', Bríd said, 'We'll see what the best way up is. There is grass and rocks. Pull on the long grass and on the rocks.'

Máiréad started trying to climb but slipped down as the grass was wet. Bríd clasped her hands together and instructed Máiréad to put her foot in so she could jump up and grab the dry grass. She did that, and the two of them started to climb carefully. Bríd calling out 'don't look down' from time to time until they reached the

'Ach anois' a dúirt Bríd faoi dheireadh, 'tá sé in am filleadh ar an mbrú agus slán a fhágáil leo siúd atá ag bogadh ar aghaidh inniu.' D'imigh siad leo ar a suaimhneas ar ais ar an trá. Gach duine acu ina smaointe féin.

Nuair a shroich siad na haillte arís shiúil siad isteach san fharraige chun siúl timpeall go dtí an taobh eile, ach anois bhí an t-uisce suas lena nglúine. 'Tá an taoide ag teacht isteach,' arsa Bríd. Tá sé róchontúirteach iarracht a dhéanamh siúl siar ar an mbealach seo'. D'iompaigh sí timpeall agus bhreathnaigh sí ar na haillte, agus dhírigh sí a méar ar an gceann ba liú. 'Caithfimid an aill sin a dhreapadh', arsa Bríd. 'Seo linn. Déan deifir', agus thosaigh sí ag rith.

'Ní féidir liom,' a ghlaoigh Máiréad ag breith suas uirthi.

'Is féidir leat,' a d'fhreagair Bríd ag féachaint timpeall uirthi. 'Is ardú géar é, cinnte, ach tá sé clúdaithe le féar. Seo duit', agus tharraing sí lámh Máiréad.

Chúb Máiréad siar. 'Ní féidir liom mar tá imní orm go dtitfidh mé' a dúirt sí.

'Má shleamhnaíonn tú, glacfaidh mé thú', arsa Bríd.

Ag bun na haille chuir siad a gcuid stocaí agus bróga orthu. 'Anois', a dúirt Bríd, 'Feicimid cad é an bealach is fearr suas. Tá féar agus carraigeacha ann. Tarraingt ar an bhféar fada agus ar na carraigeacha'.

Thosaigh Máiréad ag iarraidh dreapadh ach shleamhnaigh sí síos mar bhí an féar fliuic. Chuir Bríd a lámha le chéile agus d'ordaigh sí do Mháiréad a cos a chur isteach, ionas go bhféadfadh sí léim suas agus greim a fháil ar an bhféar tirim. D'éirigh léi, agus ansin thosaigh an bheirt ag dreapadh go cúramach, Bríd ag glaoch

upper edge. Then they threw themselves out on the ground with relief.

Bríd's heart was beating with happiness. 'I did it myself.' she thought. She was no longer dependent on Nóirín. She would be able to come back to Trá na Rosann on her own or with some friend like Máiréad. She was indeed grown up. At the same time the sky became dark and there was thunder in the air. Bríd said to Máiréad they had to run like the wind down to the hostel. They were inside when it started pouring rain.

There was thunder outside and thunder inside. The grey-headed woman was standing in the foyer shouting that the place was in a mess. 'I am not going to return any cards until this place has been properly cleaned'. She pointed her finger at Bríd and Máiréad and then at the kitchen. They ran there and Máiréad started cleaning the tables, and Bríd started sweeping the floor.

People outside were bringing luggage down to the cars. Bríd thought she saw Sam outside but it was difficult to see him properly because of the rain. She continued sweeping but suddenly the brush was taken out of her hand and then Sam was grabbing her elbow and leading her out the door. 'Come with me', he said urgently and they ran down to the car park and into a car.

Sam looked at her seriously. 'What is your name?', he asked softly.

'Bríd', she replied.

'Bríd', he said thoughtfully looking ahead at the rain. Then

amach 'ná bí ag breathnú síos' ó am go ham go dtí gur shroich siad an t-imeall uachtarach. Ansin chaith siad iad féin amach ar an talamh le faoiseamh.

Bhí croí Bhríd ag bualadh le háthas. 'Rinne mé é féin é' a shíl sí. Ní raibh sí ag brath ar Nóirín níos mó. Bheadh sí ábalta teacht tar ais go Trá na Rosann ina haonar nó le cara éigin cosúil le Máiréad. Bhí sí fásta suas i ndáiríre. D'fhanadar ann tamall go dtí gur thug siad faoi deara go raibh an spéir ag éirí dorcha agus go raibh toirneach san aer. Dúirt Bríd le Máiréad go gcaithfidís rith ar nós na gaoithe síos an cnoc go dtí an brú. Bhí siad istigh sa bhrú nuair a thosaigh sé ag stealladh báistí.

Bhí toirneach amuigh agus toirneach istigh. Bhí bean an ceann liath ag béicíl go raibh an áit i bpraiseach. 'Nílim chun aon chárta a thabhairt ar ais go dtí go mbeidh an áit seo glanadh i gceart'. Dhírigh sí a méar chuig Bhríd agus Mháiréad agus ansin ag an gcistin. Rith siad ansin agus thosaigh Máiréad ag glanadh na mbord agus Bríd ag scuabadh an urláir.

Bhí daoine taobh amuigh ag tabhairt bagáiste síos go dtí na carranna. Cheap Bríd go bhfaca sí ceann Sam tríd an fhuinneog, ach bhí sé deacair é a fheiceáil i gceart mar gheall ar an mbáisteach. Lean sí ar aghaidh ag scuabadh ach go tobann tógadh an scuab as a lámh agus thóg Sam í ag an uillinn agus stiúir sé í amach an doras. 'Tar liom', a dúirt sé go práinneach, agus rith siad síos go dtí an carrchlós agus isteach leo i gcarr.

D'fhéach Sam uirthi dáiríre. 'Cén t-ainm atá ort?' a d'fhiafraigh sé go bog.

'Bríd', a d'fhreagair sí.

'Bríd', a dúirt sé go mall agus go smaointeach ag breathnú

he turned back. He leaned close to her and kissed her on the lips. Such a kiss! Soft and sweet. She moved closer to him. He kissed her again and again.

This is what Bríd had hoped her first kissing experience would be like. She kissed him back sweetly and softly and at the end there were only two mouths whispering and kissing. He was so tender and so kind. Neither of them needed anything else except to be kissing each other.

Even when Sam's friends had put their luggage in the boot and had sat in the back seats, they continued to kiss. In the end, another friend opened the front door where Bríd was and told them quietly, 'Sorry, but we have to leave', Bríd got out of the car reluctantly. Her heart filled with pain and longing as the car drove down the road.

Three years later: during those years, Bríd met many boys at the new local dance hall but had kissed none of them. Máiréad was working and no longer interested in going away to youth hostels with her. Bríd had a summer job while waiting for university to start, and she kept a postcard of Trá na Rosann on her bedroom wall, longing for the day she could go back there.

One Saturday afternoon Nóirín came into the sitting room where Bríd was playing the piano. 'There's some guy on the phone for you. From the north, I'd say'.

Bríd ran to the phone that was on the little table out in the hall.

chun tosaigh ag an mbáisteach. Ansin chas sé ar ais. Chlaon sé gar di agus thug sé póg ar na beola. A leithéid do phóg! Bog, fada, agus milis. Dhruid sí ní ba ghaire dó. Arís agus arís a phóg sé í.

Seo mar a bhí Bríd ag súil go mbeadh a céad éispéireas pógtha. Ansin phóg sí é ar ais agus faoi dheireadh thiar thall, ní raibh ann ach dhá bhéal ag cogar agus ag pógadh. Fiú nuair a shuigh cairde Sam sna suíocháin chúl, lean siad ar aghaidh ag pógadh. Sa deireadh, d'oscail cara eile an doras tosaigh agus dúirt sé leo go ciúin, 'Mo bhrón, ach caithfimid imeacht'. D'éirigh Bríd as an gcarr go drogallach. D'fhág sí slán go brónach agus an carr ag imeacht síos an bóthar.

Trí bliana níos déanaí: ar feadh na mblianta sin bhuail Bríd le go leor buachaillí ag an halla damhsa áitiúil nua, ach níor phóg sí aon duine acu. Bhí Máiréad ag obair anois agus ní raibh suim aici a thuilleadh dul chuig brúnna óige léi. Bhí obair shamhraidh ag Bríd agus í ag fanacht go dtí go dtosóidh an ollscoil, agus choinnigh sí cárta poist de Thrá na Rosann ar bhalla a seomra leapa, ag fanacht leis an lá a bhféadfadh sí dul ar ais ann.

Tráthnóna Dé Sathairn amháin tháinig Nóirín isteach sa seomra suí ina raibh Bríd ag seinm an phianó. 'Tá fear éigin ar an bhfón duit. Ón tuaisceart, deirimse.'

Rith Bríd chuig an bhfón a bhí ar an mbord beag amuigh sa halla.

'Haigh', a dúirt sí, le stad beag ina glóir, 'Bríd anseo'.

'Bríd'… agus ansin ciúnas iomlán. Thosaigh a croí ag preabadh.

'An é sin Sam?

'Hey', she said, with hesitation in her voice. 'Bríd here'.

'Bríd' and then complete silence. Her heart started pounding.

'Is that Sam? I thought you forgot me.'

'I didn't forget you, and especially I didn't forget the kisses.'

Total silence again.

'It's hard talking on the phone. I'm not far from you. I'll be in your street in five minutes. '

Bríd ran upstairs on cloud nine to the bedroom she shared with Nóirín. She put on her new yellow dress. She ran a comb through her hair, brushed her teeth, and headed out to the street just as Sam 's car was approaching.

He got out of the car and ran to her embrace. 'My sister said there is a nice new restaurant around the corner. Said Bríd eagerly. They drove there. The restaurant was not open yet, so Sam parked at the back of the empty car park. He turned off the engine.

They just looked at each other for awhile. Sam began to apologize for not having been in touch with her for a long time. Bríd stopped him with a finger on his lips. 'No need to apologize' she said, her eyes shining. He took her hand and kissed her. She kissed his hand back. Then he kissed her lips. Bríd was spellbound.

Suddenly Sam started breathing fast. He kissed her again, but hard. Bríd pulled back. Then she started kissing him softly and slowly. He kissed her back hard, and at the same time he grabbed her breasts roughly. He even put a hand under her dress. They were struggling with each other, she to escape. Bríd let out a scream. 'Stop, in the name of God. Let me go. Take me home. '

Sam stopped. He sat back in the seat. 'You've changed' he

'Sea.'

'Cheap mé go ndearna tú dearmad orm.'

'Ní dhearna mé dearmad ar na póga.'

Ciúnas iomlán arís.

'Tá sé deacair caint ar an bhfón' a dúirt Sam. Níl mé i bhfad uait. Beidh mé i do shráid i gceann cúig nóiméad.'

Bhí Bríd ar scamall a naoi ag rith thuas staighre go dtí an seomra leapa a roinn sí le Nóirín. Chuir sí uirthi a gúna buí nua. Rith sí cíor trína cuid gruaige, scuab sí a cuid fiacla, agus amach léi chun na sráide díreach mar a bhí carr Sam ag teacht. D'éirigh sé as an gcarr agus rith Bríd go dtí a bharróg. 'Dúirt mo dheirfiúr go bhfuil bialann dheas nua timpeall an choirnéil.' arsa Bríd le fonn. Thiomáin siad ann. Ní raibh an bhialann oscailte fós agus mar sin pháirceáil Sam ar chúl an carrchlóis folamh. Mhúch sé an t-inneall.

Níor fhéach siad ach ar a chéile ar feadh tamall big. Ansin, thosaigh Sam ag tabhairt leithscéal toisc nach raibh sé i dteangamháil léi ar feadh i bhfad. Chuir Bríd stad air le méar ar a bheola. 'Ní gá leithscéal a ghabháil' a dúirt sí, a súile ag lonrú. Ansin, thóg Sam a lámh agus phóg í. Phóg Bríd a lámh ar ais. Ansin phóg Sam a beola, go bog, go fada, go milis. Bhí Bríd faoi gheasa aige.

Go tobann thosaigh Sam ag análú go gasta. Phóg sé arís í ach níos crua. Tharraing Bríd siar. Ansin thosaigh sí ag pógadh Sam go bog agus go mall. Phóg sé í go crua ar ais agus ag an am céanna rug sé ar a cíocha go garbh. Chuir sé lámh faoina gúna, fiú. Bhí siad ag streachailt a chéile, sí chun éalú. Lig Bríd scread amach. 'Stad, in ainm Dé. Lig dom saor. Tóg abhaile mé.'

said coldly, starting the engine. Bríd looked around the ugly bare car park. Her eyes filled with tears. Yes, I understand, she thought. The same lesson. …nothing can bring back the hour of splendour in the grass, of glory in the flower.

Stad Sam. Shuigh sé ar ais sa suíochán. 'Tá tú tar éis athraithe' a dúirt sé go fuar, ag tosú an innill. D'fhéach Bríd timpeall ar an gcarrchlós lom gránna, Líon a súile le deora. Sea, tuigim anois, a smaoinigh sí. An ceacht céanna. 'Nothing can bring back the hour of splendour in the grass, of glory in the flower'.

Passing Ships

'And when are you getting married?', her aunt asked her. Before Aisling had a chance to answer, her mother broke in with, 'Oh she only has passing ships in the night, as they say'. Aisling became uncomfortable with that talk and she moved a little bit away from them and looked out on the dance floor taking notice of who was married and who was still single.

Over there was a little group, her sisters, the bride among them, dancing with their husbands. In the centre were her own friends, most of them married or in a relationship. And behind them she saw Nuala Hunt dancing with Dennis O'Rourke who was married to Nuala's sister, and that sister was on the other side of the room at the small bar gazing lovingly into the priest's eyes. Well, that's what it looked like to Aisling, and she had to admit that the priest was quite handsome. Such a thought!

She looked back at her Mum and her aunt who were still whispering together and looking at her. Prying eyes of this country. She had to escape one day, but when?

On the way home there was the usual chat between Mum and Dad. She didn't pay any attention to it, but her ears pricked up when she heard talk about tea. Even though the reception meal looked lovely, she wasn't hungry during the day, but now with night coming on, Aisling felt a rumbling in her stomach. 'What will we have for tea, Mum?' she asked. 'What do you want, darling', her Mum answered. The talk continued like that as it usually did. 'Would you like to do shopping?', Dad broke in, winking at Aisling in the

Longa Thar Bráid

'Agus cathain a bheidh tú pósta?' a d'fhiafraigh a haintín di. Sula raibh deis ag Aisling freagra a thabhairt, bhris a Mam isteach le, 'Ó níl aici ach longa ag dul thar bráid san oíche, mar a deirtear'. D'éirigh Aisling míchompórdach leis an gcaint sin agus bhog sí beagán uathu agus d'fhéach sí amach ar an urlár rince ag tabhairt faoi deara cé a bhí pósta agus cé a bhí fós singil.

Thall ansin bhí grúpa beag, a deirfiúracha, ag rince lena bhfir chéile, an bhrídeog ina measc. Sa lár bhí a cairde féin, an chuid is mó acu pósta nó i gcaidreamh. Agus taobh thiar dóibh chonaic sí Nuala Hunt ag damhsa le Dennis O'Rourke a bhí pósta le deirfiúr Nuala, agus an deirfiúr sin ar an taobh eile den seomra ag an mbeár beag ag breathnú go grámhar isteach i súile an tsagairt. Bhuel, bhí an chuma sin air dar le hAisling, agus b'éigean di a admháil go raibh an sagart dathúil go leor. A leithéid de smaoineamh!

Bhreathnaigh sí siar ar a Mam agus a haintín a bhí fós ag cogarnach le chéile agus ag féachaint uirthi. Súile fioscracha na tíre seo. Bhí uirthi éalú lá amháin, ach cathain?

Ar an mbealach abhaile bhí an gnáthchomhrá idir a Mam agus a Daid. Níor thug sí aird ar bith air, ach phioc a cluasa nuair a chuala sí caint faoi thae. Cé go raibh cuma bhreá ar bhéile na bain- ise, ní raibh ocras uirthi i rith an lae, ach anois agus an oíche ag druidim, mhothaigh Aisling geonáil ina bolg. 'Cad a bheidh againn le haghaidh tae, a Mham?' a d'fhiafraigh sí. 'Céard atá uait, a stór', a d'fhreagair a Mam. Lean an chaint mar ba ghnáth leo. 'Ar mhaith leat siopadóireacht a dhéanamh?' a bhris Daid isteach, ag caochadh ag Aisling sa scáthán cúil. 'Caithfidh mé smaoineamh air' a dúirt

rear-view mirror. 'I have to think about it', said Mum.

Aisling sat back in the seat and looked out the window. The Dublin houses were going by quickly, but Aisling only saw tree after tree on the Sunday trips with Dad in her youth. Over the mountains, through the Sally Gap, and down to Wicklow and the German cemetery. In the cemetery, Dad would go round reading out the German that was written on the headstones and translating it to English. Buried there were young German men from World War 2 who lost their way flying over Ireland that was neutral at the time. 'They were like me', Dad would say. 'Young men far away from home and they are still far away from home'. Aisling loved those times in her Dad's company the whole day long.

On the way home Mum would be calling out from time to time 'Eggs, Daddy, Eggs' pointing her finger to the left or to the right. Then there would be the sign 'Eggs for Sale', but Dad would drive by saying 'Too late, Mammy. Too late'. Then Mum would sit back in the seat in sorrow. Aisling would be upset to see that, but when she looked in the rear-view mirror and saw her Dad was winking, all would be right with the world.

Aisling turned from the window saying 'Tacos, Mum. What about tacos?' 'Oh, okay', said Mum. 'I have a box in the cupboard. And I have mince, tomatoes, cheese, and even sour cream', she said with delight. Aisling moved nearer to her Mum through the space between the two front seats. 'And Mum. Do you have an avocado'? And she looked at Dad whose eyes were smiling.

'I'm fed up with avocados', said Mum becoming more seri-

Mam.

Shuigh Aisling ar ais sa suíochán agus d'fhéach amach an fhuinneog. Bhí tithe Baile Átha Cliath ag dul thart go gasta, ach ní fhaca Aisling ach crainn i ndiaidh crainn ar na turais Dé Domhnaigh le Daid le linn a hóige. Thar na sléibhte, tríd an Sally Gap, agus síos go Cill Mheantáin agus reilig Ghearmánach a bhí ann. Sa reilig, bhíodh Daid ag dul timpeall ag léamh amach an Gearmáinis a bhí scríofa ar na leaca agus í á aistriú go Béarla. Curtha ansin bhí fir óg Gearmánach ó Chogadh Domhanda a Dó a chaill a slí ag eitilt os cionn Éire a bhí neodrach ag an am. 'Bhí siad mar mise', a dúradh Daid. 'Fir óg i bhfad óna mbaile féin, agus tá siad fós i bhfad óna mbaile féin'. B'aoibhinn le hAisling na hamanna sin i dteannta a Daid, don lá ar fad.

Ar an tslí abhaile bhíodh Mam ag glaoch amach ó am go ham 'Uibheacha, a Dhaid, Uibheacha' ag díriú a méar ar dheis nó ar chlé. Ansin sin bhíodh an comhartha 'Eggs for Sale' ann ach thiománeadh Daid thart a rá 'ródhéanach, a Mham. Ródhéanach'. Ansin shuíodh a Mam siar sa suíochán le brón. Bhíodh brón ar Aisling é sin a fheiceáil, ach nuair a d'fhéacadh sí ar an scáthán cúil agus dá mbeadh súil a Daid ag caochadh, bhíodh gach rud ceart go leor sa saol.

Chas Aisling timpeall ón bhfuinneog ag rá 'Tacos, a Mham. Cad mar gheall ar tacos?' 'Ó ceart go leor', a dúirt a Mam. 'Tá bosca agam sa phreas. Agus tá mionfheoil, trátaí, cáis, agus fiú uachtar géar agam', a dúirt sí le ríméad. Ghluais Aisling níos gaire dá Mam tríd an spás idir an dá shuíochán thosaigh. 'Agus Mam. 'An bhfuil abhacáid agat?' Agus í ag breathnú ar a Dhaid a bhí ag gáire lena súile.

'Táim bréan dos na habhacáid', a dúirt Mam ag éirí níos

ous and looking out the window. Aisling was smiling now, but Dad was waving a warning finger. Aisling ignored the warning.

'Tell us about the avocado problem, Mum', she asked. Dad was shaking his head now. 'They're too dark', said Mum gloomily and she looked out the window again. Dad put his left hand on Mum's knee to comfort her. Aisling sat back and stayed quiet for a while. Then she said 'But they're green, aren't they, Mum?' 'Yes, usually', answered Mum. 'But lately they are completely black'.

Aisling looked at the black shopping bag in her Mum's hand. 'Is that your usual shopping bag?' 'Yes', her mother answered, looking down at it. 'But I'm going to buy a new one because it's difficult to see things in the bottom. Especially black things.' Then she raised her voice, 'Avocados should be a brighter colour since they are fruit. Say, yellow or orange or even pink'. Aisling looked at the rear-view mirror at Dad. Tears were leaking from his eyes, and his shoulders were shaking up and down.

Aisling's phone rang and she opened it. 'Dad', she called out. 'Let me out here please. Úna is in the pub. 'But what about tea?', asked her Mum. 'The tacos?' It was clear that she was disappointed. Dad put his hand on Mum's knee, but at the same time he gave a nod to Aisling as he was pulling in. Waving goodbye to the car Aisling was worried about how unhappy her Mum was now, but at the same time she was going to meet Úna, and who else would be there. 'Could be, who knows?' she sang quietly at the pub door. That song from 'West Side Story'. 'Maybe tonight'. She was excited.

tromchúisí agus ag féachaint amach an fhuinneog. Bhí Aisling ag miongháire anois, ach bhí Daid ag croitheadh a mhéar le comhartha rabhaidh. Rinne Aisling neamhaird ar an rabhadh.

'Inis dúinn fadhb an abhacáid, a Mham', a d'fhiafraigh sí. Bhí Daid ag croitheadh a chinn anois. 'Tá siad ródhorcha' a dúirt a Mam go gruama agus d'fhéach sí amach an fhuinneog arís. Chuir Daid a lámh chlé ar ghlúin Mham chun í a chur ar a suaimhneas. Luigh Aisling siar, agus d'fhan ina tost ar feadh tamaill. Ansin dúirt sí 'Ach tá siad glas, nach bhfuil, a Mham?' 'Sea, de ghnáth', a d'fhreagair Mam. 'Ach le déanaí tá siad go hiomlán dubh'.

D'fhéach Aisling ar an mála siopadóireachta dubh i lámh a Mam. 'An é sin do ghnáthmhála siopadóireachta?'. 'Sea', a d'fhreagair a Mam, ag breathnú síos air. 'Ach táim chun ceann nua a cheannach mar tá sé deacair orm rudaí a fheiceáil sa bhun. Rudaí dubha go háirithe '. Ansin d'ardaigh a guth 'ba chóir go mbeadh dath níos gile ar an abhacháid toisc gur toradh é. Abair buí nó oráiste nó fiú bándearg '. D'fhéach Aisling ar an scáthán cúil ar Dhaid. Bhí deora ag ligean amach óna shúile, agus bhí a ghuaillí ag crith suas agus anuas.

Bhuail fón Aisling agus d'oscail sí é. 'A Dhaid', a ghlaoigh sí amach. 'Fág amach mé anseo le do thoil. Tá Úna sa teach tábhairne'. 'Ach cad faoi thae', a d'fhiafraigh a Mam. 'Na tacos?' Bhí sé soiléir go raibh díomá uirthi. Chuir Daid a láimh ar ghlúin a Mam, ach an am céanna thug sé nod d'Aisling agus é ag tarraingt isteach. Ag fágáil shlán ag an gcarr bhí Aisling buartha faoi cé chomh míshásta a bhí a Mam anois, ach ag an am céanna bhí sí chun bualadh le hÚna, agus cé eile a bheadh ann. 'Could be, who knows?' a chan sí os íseal ag doras an pub. An t-amhrán sin ó West Side Story. 'Maybe tonight'. Bhí sí ar bís.

The pub was chock-full and because of that she searched for
Úna's hand that would be waving in the air. She saw the huge
bracelet and moving towards it she heard the clinging and then
Úna was pulling her down into the seat. 'Thanks a lot for coming'
said Úna, and she slugged the last bit of her wine. 'I'm keeping this
seat but at the same time I need another drink. 'I'll get the drinks',
said Aisling taking out her credit card from her bag and leaving the
bag with Úna to keep for her.

Aisling pushed her way through the crowd until she reached
the bar. She plonked her elbows on the counter. At the same time,
she felt someone sitting on her left-hand side pulling back from her.
'Oh, sorry', she said. The she saw that he was sketching a picture
on a napkin. 'Are you the resident artist?', she said cheekily. He
stopped sketching, looked at her, and he said 'don't be sarcastic.
It doesn't suit you'. Before she had time to reply, she heard 'What
would you like, Mam?' Turning around, embarrassed, she said qui-
etly. 'Two glasses of white wine please'. But she was raging.

'What's wrong?' asked Úna when Aisling came back with the
drinks. 'You're blushing'. 'Do you know that man who is sketching
at the bar? Aisling asked. Úna stood up and craned her neck. 'Yes,
that's Conor de Paor from Waterford. The bar owner's cousin. Are
you interested in him?' 'Not a chance', said Aisling. 'He was rude
to me'. 'Are you sure about that?' asked Úna. 'Maybe he doesn't
understand Dublin women. Don't mind him anyway. but look at
this', and she showed Aisling a cute photo of a little thatched cot-
tage on her phone. 'It's in Pangbourne, not far from London. We
have it for the summer'.

Bhí an pub lán go doras agus mar sin chuardaigh sí lámh Úna a bheadh ag crochadh san aer. Chonaic sí an bráisléid ollmhór agus ag druidim leis chuala sí an chling agus ansin bhí Úna á tarraingt anuas sa suíochán. 'Go raibh maith agat ó bhun mo chroí as teacht', arsa Úna, agus shlog sí an chuid eile dá fíon. 'Tá an suíochán seo á choimeád agam ach tá deoch eile uaim'. 'Gheobhaidh mé na deochanna', a dúirt Aisling agus í ag tógáil amach a cárta creidmheasa as a mála agus ag tabhairt an mhála d'Úna le coinneáil ar a son.

Bhrúigh Aisling a bealach tríd an slua go dtí gur shroich sí an beár. Chuir sí a huillinneacha ar an gcuntar de phlimp. Ag an am céanna, mhothaigh sí duine ina suí ar a taobh clé ag tarraingt siar uaithi. ' Ó gabh mo leithscéal', a dúirt sí. Ansin chonaic sí go raibh sé ag sceitseáil phictiúr ar naipcín. 'An tusa ealaíontóir na háite? a deir sí go dána. Stop sé an sceitse, d'fhéach sé uirthi, agus dúirt 'ná bí searbhasach. Ní oireann sé duit. ' Sula raibh am aici freagairt a thabhairt dó, chuala sí 'Cad ba mhaith leat, a bhean uasal?' Ag casadh timpeall le roinnt náire, dúirt sí go ciúin ' Dhá ghloine d'fhíon bán le do thoil.' Ach bhí sí ar buile.

'Cad atá cearr?' a d'fhiafraigh Úna di nuair a tháinig Aisling ar ais leis na deochanna. 'Tá tú dearg go bun na gcluaise'. 'An bhfuil aithne agat ar an bhfear sin atá ag sceitseáil ag an mbeár?', a cheistiú Aisling. Sheas Úna suas agus shín sí a muineál amach. 'Sea. sin Conor de Paor as Port Láirge. Col ceathrar d'úinéir an tábhairne. An bhfuil suim agat ann?' 'Seans ar bith' a dúirt Aisling. 'Bhí sé drochbhéasach liom'. 'An bhfuil tú cinnte faoi sin?', a cheistiú Úna. 'B'fhéidir nach dtuigeann sé mná Bhaile Átha Cliath. Ná bac leis ar aon nós agus féach ar seo', agus thaispeáin sí grianghraf gleoite de theachín ceann tuí ar a fón. 'Tá sé in Pangbourne', ní fada ó Londain. 'Tá sé againn don samhradh'.

Aisling and Úna were in the second year at University College Dublin. They met for the first time in a tutorial in the School of Irish, Celtic Studies, and Folklore. Aisling was very interested in folklore, especially superstitions and numbers. But Úna changed her degree recently, and now they weren't studying the same subjects.

They tried to keep up the friendship, but it was difficult. Coming up to the end of term, the pair were interested in getting casual jobs for the summer holidays. Úna's uncle was in the British air force, based at Benson. He had a house in Pangbourne a twenty-minute drive away that he rented out from time to time.

Three weeks later they were together in Úna's house waiting on the Uber. Aisling's Dad was going to drive them, but Aisling thought it would be too sad for her to say goodbye at the airport. And Dad was getting older now and he was kind of nervous driving on the M2. On the other hand, Úna had no problem leaving her parents. They were divorced, and she seldom saw her Dad now because he had a new wife and new children.

Úna looked at her phone to see if the Uber was on the way. 'You won't believe this, Aisling', she said. 'Look at our driver. Your man Conor who was sketching in the pub. 'That is unbelievable', said Aisling. 'This is the second time I've seen him. I hope there's not another one coming'. 'You're completely wrong', Aisling', said Úna. 'It's not bad luck if three things happen one after the other, but that if two bad things happen, you are waiting for another one. You met him in the pub. That's not a bad thing'. 'He spoke rudely to me', said Aisling. That's a bad thing. And I don't like him. That's the second bad thing'. Úna burst out laughing.

Bhí Aisling agus Úna sa dara bliain acu i gColáiste na hOllscoile, Baile Átha Cliath. Tháinig siad le chéile den chéad uair i rang teagaisc i Scoil an Léinn Ghaeilge, an Léinn Cheiltigh agus sa Bhéaloideas. Bhí suim mhór ag Aisling sa bhéaloideas, go háirithe piseoga agus uimhreacha. Ach d'athraigh Úna a céim arís le déanaí, agus anois ní raibh siad ag déanamh staidéir ar na hábhair chéanna. Rinne siad iarracht an cairdeas a choinneáil suas, ach bhí sé deacair. Ag teacht suas go deireadh an téarma, bhí suim ag an mbeirt poist shealadacha a fháil le haghaidh saoire an tsamhraidh. Bhí uncail Úna in aerfhórsa na Breataine, lonnaithe ag Benson. Bhí teach aige in Pangbourne ar thiomáint fiche nóiméad, a lig sé amach ar cíos ó am go ham.

Trí seachtaine ina dhiaidh sin bhí siad le chéile i dteach Úna ag fanacht leis an Uber. Bhí Daid Aisling chun iad a thiomáint, ach cheap Aisling go mbeadh sé róbhrónach di slán a fhágáil leis ag an aerfort. Agus bhí Daid ag dul in aois anois agus bhí sé beagáinín neirbhíseach agus ag tiomáint ar an M2. Ar an lámh eile, ní raibh fadhb ag Úna ag fágáil a tuismitheoirí. Bhí siad colscartha, agus is annamh a chonaic sí a Daid anois toisc go raibh bean céile nua agus leanaí nua aige.

D'fhéach Úna ar a fón le feiceáil an raibh an Uber ar an mbealach. 'Ní chreidfaidh thú é seo, a Aisling', a dúirt sí. 'Féach ar ár dtiománaí. Mo dhuine Conor a bhí ag sceitseáil sa teach tábhairne. 'Tá sé sin dochreidte', a dúirt Aisling. 'Seo an dara huair a chonaic mé é. Tá súil agam nach bhfuil an tríú ceann chun teacht.'

'Tá tú mícheart ar fad, Aisling', a dúirt Úna. 'Ní droch-ádh é má tharlaíonn trí rud as a chéile, ach amháin mar tharlaíonn dhá droch rud, bíonn tú ag fanacht leis an triú ceann. Bhuail tú leis sa teach tábhairne. Ní drochrud é sin.' 'Labhair sé go gruama liom', a

'Although you are really clever, Aisling, you're an eejit from time to time. Fat chance you'll see him in Pangbourne anyway.'

Aisling sat behind the driver so as not to be looking at him. On the way, she noticed a drawing pad on the seat next to Conor. She moved a little bit closer. She saw a sketch of a bird on a telegraph line. When she sat back again, she saw Conor's eyes in the rear-view mirror looking at her. 'The eyes in this country are always watching you', she thought. 'I have to escape them. But when?'

'I would like to be a bird flying out of this place', she said out loud.

'Will EasyJet do it for you?', asked Úna, the airport coming into view.

'It will indeed', answered Aisling, collecting her bags.

The pair had a wonderful time in Pangbourne during the summer, working in local cafés and meeting new people in the pub over the road from their home. Especially the young helicopter pilots. Aisling liked one from Liverpool. Úna hooked up with their next-door neighbour who attended Reading University. They were all young and free. No one knew them and no one was gossiping about them.

On Saturdays, they would go to the local street market, or to the art centre in Reading, or to London on the train to see the sights. Aisling liked the visit to the Tower of London because of what she learned about the ravens. It was thought that the Crown would fall if the ravens left, and because of that some had their feathers cut back so they couldn't escape.

dúirt Aisling. 'Is drochrud é sin. Agus ní maith liom é. Sin an dara droch rud'. Phléasc Úna amach ag gáire. 'Cé go bhfuil tú thar a bheith cliste, a Aisling, is amadán thú ó am go ham. 'Caolseans go bhfeicfidh tú é in Pangbourne ar aon nós.'

Shuigh Aisling taobh thiar den tiománaí ionas nach bhféachfadh sí air. Ar an mbealach, thug sí faoi deara leabhar líníochta ar an suíochán in aice le Conor. Bhog sí beagán níos gaire. Chonaic sí sceitse d'éan ar líne theileagraif. Nuair a luigh sí siar arís, chonaic sí súile Conor sa scáthán cúil ag féachaint uirthi. 'Bíonn na súile i gcónaí ag féachaint ort sa tír seo', a shíl sí. 'Caithfidh mé éalú uathu. Ach cathain?'

'Ba mhaith liom a bheith mar éan ag eitilt amach as an áit seo,' a dúirt sí os ard.

'An ndéanfaidh EasyJet an gnó? ' a d'fhiafraigh Úna agus an t-aerfort os a gcomhair amach. 'Déanfaidh cinnte' a d'fhreagair Aisling ag bailiú a malaí.

Bhí am iontach ag an mbeirt in Pangbourne i rith an tsamhraidh, ag obair i gcaiféanna áitiúla agus ag bualadh le daoine nua sa teach tábhairne trasna an bhóthair óna mbaile. Go háirithe na píolótaí óga. Thaitin duine acu as Learpholl go mór le hAisling. Bhí Úna ag siúl amach lena gcomharsa béal dorais, mac léinn a bhí ag freastail ar Ollscoil Reading. Bhí siad go léir óg agus saor. Ní raibh aithne ag éinne orthu agus ní raibh éinne ag cúlchaint fúthu.

Ar an Satharn, rachaidís chuig an margadh sráide áitiúil, nó chuig an ionad ealaíne i Reading, nó go Londain ar an traein chun na radhairc a fheiceáil. Ba bhreá le hAisling an chuairt ar Thúr Londain mar gheall ar cad a d'fhoghlaim sí faoi na fiacha dubha. Ceapadh go dtitfeadh an Choróin dá n-imeodh na fiacha, agus mar sin bearradh cuid dá gcuid cleití de roinnt acu ionas nach bhféad-

It reminded her of Dublin's General Post Office and the statue of the hero Cuchulainn with a bird on his shoulder. They say that the bird was a death sign in Celtic mythology. Death of the Crown and the death of Cuchulainn. Aisling thought the two superstitions might be linked.

That autumn Aisling was back in Dublin and the days went by, each one longer than the other, especially because Una wasn't with her anymore. She had changed her degree now to Reading University because she missed the boy who had lived next to them in Pangbourne. Although Aisling was lonely and restless, she was determined to get her degree.

One Sunday she took the Dart into the city to buy books in Easons, and then to walk around the town. At the General Post Office, she stopped at the window where the statue of Cuchulainn was, and she took down notes for an essay she was writing about birds and superstition. Because she was interested in seeing the other side of the statue, she went inside.

It was darker inside, and it took Aisling a minute to get accustomed to the change of light. Then she saw someone else with a pen and a notebook on the other side of the statue. 'I don't believe it', she thought. 'It's the artist'. At the same time, Conor raised his head and laughed out loud: 'are you following me?', he asked. 'Me?', answered Aisling. 'I was going to say the same thing.'

Suddenly, a shaft of sunlight broke through the window and blinded them. Aisling didn't see Conor de Paor moving, until he was next to her. He took her hand and directed her outside the building to O'Connell Street. 'Coffee?', he asked. She nodded. They didn't say another word as they walked through the traffic to

faidís éalú. Chuir sé i gcuimhne di Ard Oifig an Phoist, Bhaile Átha Cliath, agus an dealbh den laoch Cú Chulainn le héan ar a ghualainn a bhí ann. Deirtear gur comhartha báis é an t-éan i miotaseolaíocht na gCeiltic. Bás na Corónach agus bás Cú Chulainn. Shíl Aisling go mbeadh nasc idir an dá phiseog sa bhéaloideas.

An fómhar sin agus Aisling ar ais i mBaile Átha Cliath chuaigh na laethanta thart, gach ceann acu níos faide ná an ceann eile, go háirithe toisc nach raibh Úna léi a thuilleadh. Bhí a céim aistrithe aici anois chuig Ollscoil Reading mar mhothaigh uaithi an buachaill a bhíodh ina chónaí in aice leo in Pangbourne. Cé go raibh Aisling uaigneach agus míshuaimhneach, bhí rún daingean aici a céim a bhaint amach.

Domhnach amháin thug sí an Dart isteach sa chathair chun leabhair a cheannach in Easons agus ansin siúl timpeall na cathrach. Ag Ard Oifig an Phoist, stop sí ag an bhfuinneog ina raibh an dealbh Cú Chulainn, agus thóg sí nótaí síos le haghaidh aiste a bhí á scríobh aici faoi éin agus piseog. Toisc go raibh suim aici an taobh eile den dealbh a fheiceáil, chuaigh sí isteach ann.

Bhí sé níos dorcha istigh agus thóg Aisling nóiméad dul i dtaithí le hathrú an tsolais. Ansin chonaic sí duine eile le peann agus leabhar nótaí a bhí ag an taobh eile den dealbh. 'Ní chreidim é', a cheap sí. 'Is é an t-ealaíontóir é.' Ag an am céanna, d'ardaigh Conor a cheann agus gháir sé os ard: 'An bhfuil tú do mo leanúint? ', a d'fhiafraigh sé. 'Mise?', a d'fhreagair sí. 'Bhí mé chun an rud céanna a rá.'

Go tobann, bhris ga solais tríd an fhuinneog agus chuir sé dall orthu. Ní fhaca Aisling Conor de Paor ag bogadh, go dtí go raibh sé in aice léi. Thóg sé a lámh agus threoraigh sé í as an bhfoirgneamh go Sráid Uí Chonaill. 'Cupán caifé?' a d'fhiafraigh sé. Thug sí nod.

the other side of the street.

Stopping at the bridge, he put his arm around her shoulder and pulled her to him. At the same time, he pointed his finger towards the sight before them, the Port, and recited, 'Bíonn longa faoi sheolta bána/Ar farraige thiar'. Aisling answered with, 'Is fós faoi shoilse geala/Ar an seanchaí liath'. And she followed with lines in English 'And the stately ships go on to the haven under the hill' and Conor answered with, 'but oh for the touch of a vanished hand', and Aisling finished with, 'and the sound of a voice that is still.'

The pair spent the rest of the afternoon in Bewley's, reciting lines from other poems, both Irish and English, that they both knew. And they spoke of their hearts' desires, to see the big world with a dear friend. Saying goodbye at the Dart station, they decided to meet again the following Saturday.

The next Saturday they met at the Dunleary Dart station and took a long walk along the pier. Aisling found out Conor de Paor's story: an artist who was a member of a group that shared a studio in Temple Bar and who had an apartment also in the area that he inherited after his father died.

The following Saturday, Aisling visited the studio, and met the other artists. She saw the collection they had made for an upcoming show. Aisling loved Conor's pictures with their themes of birds, sailing boats, and the sea in all seasons.

The days and the months went by, and the pair were very busy with their own work, but they continued meeting on a Saturday.

Ní dúirt siad focal eile agus iad ag siúl tríd an trácht go dtí an taobh eile den tsráid.

Ag stad ag an droichead, chuir sé a lámh timpeall a gualainn agus tharraing sé í chuige. Ag an am céanna, dhírigh sé a mhéar chuig an radharc a bhí rompu, an Caladh, agus d'aithris, 'Bíonn longa faoi sheolta bána/Ar farraige thiar'. D'fhreagair Aisling le 'Is fós faoi shoilse geala/Ar an seanchaí liath'. Agus lean sí le línte i mBéarla, 'And the stately ships go on to the haven under the hill' agus d'fhreagair Conor le 'but oh for the touch of a vanished hand', agus chríochnaigh Aisling le, 'and the sound of a voice that is still'.

D'fhan an bheirt acu ann an chuid eile den tráthnóna i Bewley's ag aithris línte ó dhánta eile, idir Ghaeilge agus Bhéarla, a bhí ar eolas ag an mbeirt acu. Agus labhair siad faoi mhian a gcroí, an domhan mór a fheiceáil le cara cléibh lá amháin. Ag fágáil shlán ag stáisiún an Dart, bheartaigh siad bualadh le chéile ar an Satharn ina dhiaidh sin.

An Satharn ina dhiaidh bhuail siad le chéile ag an stáisiún Dart i nDún Laoighre agus thug siad siúlóid fhada ar feadh na cé. Fuair Aisling amach scéal Conor de Paor: ealaíontóir a bhí ball de ghrúpa a roinn stiúideo i mBearra an Teampall agus a bhí árasán aige sa cheantar freisin a fuair sé le hoidhreacht tar éis bháis a athair.

An Satharn dár gcionn, thug Aisling cuairt ar an stiúideo, agus bhuail leis na healaíontóirí eile. Chonaic sí an bailiúchán a bhí déanta acu go léir le haghaidh taispeántas a bhí le teacht. Thaithin pictiúir Chonor go mór le hAisling lena dtéamaí d'éan, de bháid seoltóireachta, agus den fharraige i ngach séasúir.

D'imigh na laethanta agus na míosa, agus bhí an bheirt gnóth-

Six months later, Aisling attended the opening of the exhibition. Even though she had bought a gorgeous new dress, she was a little shy in the crowd, and because of that she stayed in a corner watching Conor explaining his pictures to one group after another. She was proud of him and proud of being in a relationship with him.

As the crowd thinned, Conor looked around and when he saw Aisling, he went to her. 'Come with me, love, 'he said and he steered her down to the end of the room, and they stopped in front of the last picture. A sea scene at sunset. 'I did it for you', he said, his arm around her shoulder. The pair stood looking at the painting in silence.

Daylight was fading. They could almost hear the cries of the seagulls flying over the sailing boat that was on her way to England, Europe, and beyond. 'Some day', said Conor, kissing Aisling on her head. 'Some day', replied Aisling with joy. Then Conor put a red spot on the picture. 'It's ours forever', he said.

ach ar fad lena gcuid oibre, ach lean siad ar aghaidh le bualadh le chéile ar an Satharn.

Sé mhí ina dhiaidh sin, d'fhreastail Aisling ar oscailt an taispeántais. Cé go raibh sí tar éis gúna nua galánta a cheannaigh, bhí sí beagáinín cúthail sa slua, agus mar sin d'fhan sí sa chúinne ag breathnú ar Conor a bhí ag míniú a phictiúrí do ghrúpa i ndiaidh grúpa eile. Bhí sí bródúil as agus as a bheith i gcaidreamh leis.

De réir mar a tháinig laghdú ar an slua, d'fhéach Conor timpeall agus nuair a chonaic sé Aisling, chuaigh sé chuici. 'Tar liom, a ghrá', a dúirt sé agus stiúir sé anuas í go bun an tseomra agus stad siad os comhair an phictiúr deireanaigh. Radharc farraige ag luí na gréine. 'Rinne mé é ar do shon', a dúirt sé, a lámh timpeall a gualainn. Sheas an bheirt acu ag féachaint ar an bpéintéireacht ina dtost.

Bhí solas an lae ag teip. Is beag nach gcloisfidís scread na bhfaoileán ag eitilt thar an long sheoltóireachta mór agus í ag imeacht ar a bhealach go Sasana, an Eoraip, agus níos faide i gcéin. 'Lá amháin' a dúirt Conor, ag pógadh Aisling ar a ceann. 'Lá amháin', d'fhreagair sí le ríméad. Ansin chuir Conor spota dearg ar an bpictiúr. 'Is linn go deo é, a dúirt sé'.

The Right One

BRÍD

Bríd awoke with a start. The same nightmare. Chasing Dara. Chasing Paul. 'The same and not the same'.

She dragged her body wet with sweat out of the bed. Her T-shirt stuck to her skin. Her head banging like hammers. A disgusting taste in her mouth.

With half-closed eyes she reached the bathroom. The tiles were deliciously cold under her feet. With one eye open, she felt for the brush and toothpaste in the drawer. She turned on the tap, and let out the cold water until it was cold enough.

In the mirror her hair was sticking out, but she didn't look too bad for thirty-eight. She examined her face for wrinkles. She opened her big blue eyes and bared her teeth. She stuck out her tongue. Yes, she was looking good and feeling good with her life. She had succeeded wonderfully well with her career as a geneticist here in Adelaide in South Australia. Far from Ireland and the curious eyes. There was one thing left, though, to find the right man, 'the right one' as they say. When would he come? Today? Tomorrow? Who knew?

She turned on the hot tap and cleaned the basin - 'clean as you go', always following her mom's advice even at the end of the world. She longed for the shower, but thought it would be a waste of time to take a shower while the housework was still to be done

An Duine Ceart

BRÍD

Dhúisigh Bríd le preab. An tromluí céanna. Ar thóir Dara. Ar thóir Phóil. 'Is ionann iad agus ní hionann iad'.

D'éirigh sí go drogallach, a corp fliuch le hallas. A T-léine greamaithe dá craiceann. A ceann ag bualadh mar a bheadh casúir ann. Blas déistineach ina béal.

Bhain sí an seomra folcadh amach le súile leathdhúnta. Bhí na tíleanna iontach fuar faoina cosa. Le súil amháin oscailte, mhothaigh sí an scuab agus an taos fiacla sa tarraiceán. Chas sí an sconna, agus lig sí amach an t-uisce fuar go dtí go raibh sé fuar go leor.

D'amharc sí uirthi féin sa scáthán. Bhí a cuid gruaige ag gobadh amach, ach ní raibh sí ag féachaint ródhona agus í tríocha hocht mbliana d'aois. Scrúdaigh sí a haghaidh ag lorg roic. D'oscail sí a súile móra gorma agus nocht sí a cuid fiacla. Ghob sí amach a teanga. Sea, bhí sí ag féachaint go maith agus ag mothú go maith lena saol. D'éirigh go hiontach léi mar ghéineolaí anseo in Adelaide san Astráil Theas. I bhfad ó Éirinn agus na súile fiosracha. Rud amháin fágtha, ach, an fear ceart a fháil, 'an duine ceart' mar a deirtear. Cathain a thiocfadh sé? Inniu? Amárach? Cá bhfios?

Chas sí an sconna te agus ghlan sí an mhias – 'glan agus tú ag dul ar aghaidh', comhairle a Mam i gcónaí á leanúint fiú amháin ag deireadh an domhain. D'fhéach sí le dúil ar an gcith, ach smaoinigh sí gur cur amú ama ba é cith a ghlacadh agus obair an

and the heat of the night was still in the house, and because she was drenched in sweat.

She went down the hallway to the kitchen and opened the window. The birds were singing. Australian birds. Voices both sweet and rough and colours between brown and scarlet. She smiled, watching the parrots fly from tree to tree. Wasn't she lucky to have that scene in her own garden in this country? And wasn't she lucky enough to have a friend like Paul here.

She put on the kettle. She put a tea bag into the Obama mug she got from her sister Saoirse. Saoirse would be here soon, so she took out another mug. She got milk from the fridge and put a dash in her own mug. Letting the tea draw, she looked at Obama's face on the mug. It was a pity that he was married, and living in another country. She sighed and then gave herself a hug. Her day would come. Meanwhile, dreaming about Obama or a man like him did no harm.

She was very thirsty and drank the tea like a wino. Gradually her mind cleared and other thoughts came to talk to her about last night. As she tried to figure out the meaning of those thoughts, she heard the alarm bell ringing from her bedroom. Time to get to work. Even though it was the weekend, she couldn't sleep in. She couldn't stay in bed after eight o'clock on any morning. She swallowed another drop of tea and then began to sort out the kitchen.

Listening to a Gurrumul CD, she collected the dishes and glasses and put them in the dishwasher. Too easy! She was glad she had bought a dishwasher last year. It was easy to scrape the

tí le déanamh fós agus teas na hoíche fós sa teach agus í báite ina cuid allais.

Chuaigh sí síos an pasáiste go dtí an chistin agus d'oscail sí an fhuinneog. Bhí na héin ag canadh. Éin na hAstráile. Guthanna idir bhinn agus garbh agus dathanna donn agus scarlóideach. Rinne sí miongháire ag féachaint ar na pearóidí ag eitilt ó chrann go crann. Nach uirthi a bhí an t-ádh an radharc sin a bheith aici ina gairdín féin sa tír seo. Agus nach uirthi a bhí an t-ádh dearg cara mar Phóil a bheith anseo.

Chuir sí an citeal síos chun fiuchadh. Chuir sí mála tae isteach sa mhuga Obama a fuair sí óna deirfiúr Saoirse. Bheadh Saoirse anseo go luath agus mar sin thóg sí amach muga eile. Fuair sí bainne ón gcuisneoir agus chuir sí steall de ina muga féin. Ag ligean don tae a tharraingt, d'fhéach sí ar aghaidh Obama ar an muga. Ba thrua é go raibh sé pósta agus ina chónaí i dtír eile. Lig sí osna aisti agus ansin thug sí barróg di féin. Thiocfadh a lá. Idir an dá linn, níorbh aon dochair bheith ag brionglóideach faoi Obama nó fear cosúil leis.

Bhí an t-uafás tart uirthi agus d'ól sí an tae mar mheisceoir. Diaidh ar ndiaidh mhúscail a hintinn agus tháinig smaointe eile chun caint léi faoi oíche aréir. Agus ag iarraidh déanamh amach míniú na smaointe sin, chuala sí an clog aláraim ag bualadh óna seomra leapa. Am don obair. Cé gur an deireadh seachtaine a bhí ann, ní raibh sí ábalta codladh istigh. Níorbh fhéidir léi fanacht sa leaba tar éis a hocht a chlog ar aon mhaidin. Shlog sí siar braon eile den tae agus ansin chuir sí tús ar an gcistin a shórtáil amach.

Ag éisteacht le CD Gurrumul, bhailigh sí na soithí agus na gloiní agus chuir sí iad sa mhiasniteoir. Ró-éasca! Bhí áthas uirthi gur cheannaigh sí miasniteoir an bhliain seo caite. Bhí sé furasta na

plates into the bin, put them into the dishwasher, and after a while they would be done.

She took the vacuum cleaner out of the cupboard in the laundry room and carried it to the living room. She stopped Gurrumul's soft voice. She was now on a roll, the oxygen and caffeine running through her veins. Her confidence and optimism increasing.

She paused outside the living room taking in the aromas of the party last night. Paul's smell was still in the air, and Aisling's perfume. Her heart filled with rage. Although they were together as often as they could, it was not enough, as Paul and Aisling were still together and Bríd was still alone, and coming up to forty.

She let out a long sigh and then put herself to work again. She opened the curtains to let daylight into the living room and opened the large windows to let out the heat of the house. There wasn't a puff of wind, but the sun was not high in the sky yet. She would close the windows later to keep out the heat of the day.

She fixed the cushions on the couch and chairs. She still heard the laughter of her co-workers and Paul's, most of them scientists. Except Aisling. Why isn't one of the twins enough for her? Bríd straight away regretted that thought. Poor Aisling. A child without a father

Bríd laid her hand on the back of the chair where Paul was sitting last night. Each time at the party when she was walking around with plates or bottles of beer or wine, she would place her hand on the back of Paul 's chair and once or twice laid it on his shoulder for a second. She felt the emotions again. The waiting, the laughter, the excitement, the jealousy, the sadness, and the anxiety.

plátaí a scríobadh isteach sa bhosca bruscair agus isteach leo ansin sa mhiasniteoir agus tar éis tamall beag bheidís críochnaithe.

Thóg sí amach an folúsghlantóir ón gcófra sa seomra níocháin agus d'iompair é go dtí an seomra suí. Chuir sí stop ar ghuth séimh Gurrumul. Bhí sí ar rolla anois, an ocsaigin agus an chaiféin ag rith trína féitheacha. A muinín agus a dóchas ag méadú.

Stad sí taobh amuigh den seomra suí ag tógáil isteach cumhrachtaí na cóisire aréir. Bhí boladh Phóil fós ann agus boladh cumhráin Aisling. Líon a croí le crá. Cé go rabhadar le chéile chomh minic agus is féidir leo, níor leor é, mar bhí Pól agus Aisling fós le chéile agus Bríd fós ina haonar agus í ag druidim chuig daichead bliain d'aois.

Lig sí osna fhada aisti agus ansin chuir sí í féin chun oibre arís. D'oscail sí na cuirtíní chun solas an lae a ligean isteach sa seomra suí agus d'oscail sí na fuinneoga móra chun teas an tí a ligean amach. Ní raibh puth ghaoithe ann ach ní raibh an ghrian ard sa spéir fós. Dúnfadh sí na fuinneoga níos déanaí chun teas an lae a choimeád amach.

Réitigh sí na cúisíní ar an tolg agus na cathaoireacha. Chuala sí fós gáire a comhoibrithe agus comhoibrithe Phóil, eolaithe an chuid is mó acu. Ach amháin Aisling. Cén fáth nach leor di fear amháin de chúpla? Bhí aiféala ar Bhríd díreach agus a tháinig an smaoineamh sin ina ceann. Aisling bocht. Leanbh gan athair.

Leag Bríd a lámh ar chúl na cathaoireach ina raibh Pól ina shuí aréir. Gach uair ag an gcóisir nuair a bhíodh sí ag gabháil thart le plátaí nó le buidéil bheorach nó fíonta, chuireadh sí a lámh ina luí ar chúl chathaoireach Phóil agus uair nó dhó leag sí é ar a ghualainn ar feadh soicind. Mhothaigh sí na mothúcháin arís. An feitheamh, an gáire, an sceitimíní, an t-éad, an brón, agus an imní.

Now the next morning, she was waiting for a message or phone call to find out when Paul would be free to meet again. Suddenly she saw a phone she recognized on the floor. She remembered Paul last night sending a message to the babysitter before leaving the party, and he may not have put the phone back properly in his back pocket. Bríd took the phone to the bathroom and put it in the drawer for fear that her sister would see it and ask her questions about Paul.

Bríd looked at the wall clock. She ran around the house cleaning up quickly. She put the vacuum cleaner back in the laundry room and took the mixer out of the kitchen cupboard to make a cake. When she had done that and the cake was inside the oven, she made for the bathroom.

She felt the tension release with the hot water. Then she let in more cold water until her skin was singing. She wrapped herself with the towel and ran with small steps to her bedroom. She combed her hair with the hair dryer. She dressed herself in a light summer dress.

'Get up early in the morning. Dress yourself. Make the bed. Do your laundry'. Mum 's advice again. She applied fresh sheets to the lumpy mattress. She knew why she was still with that lumpy mattress. She was between two minds whether to buy a new single or a new double bed. Bríd was raised in a large family. She used to share a bed with Saoirse or another sister until her older sisters left the house, and then she had a single bed for herself for the first time in her life, when she was sixteen years old.

From then on, she was pretty comfortable with a single bed. With the small space, next to a wall, wherever she was. Even if

Anois ar an mhaidin dár gcionn, bhí sí ag fanacht le teachtaireacht nó glaoch chun fáil amach cathain a bheadh Pól saor chun bualadh le chéile arís. Go tobann chonaic sí fón póca a d'aithin sí ar an urlár. Chuimhnigh sí Pól aréir ag cur teachtaireacht chuig an bhfeighlí leanaí roimh an gcóisir a fhágáil, agus b'fhéidir nár chuir sé an fón ar ais i gceart ina phóca cúil. Thóg Bríd an fón go dtí an seomra folcadh agus chuir sí isteach sa tarraiceán é ar eagla go bhfeicfeadh a deirfiúr é agus go gcuirfeadh sí ceisteanna uirthi faoi Phóil.

D'fhéach Bríd ar an gclog balla. Rith sí timpeall an tí ag glanadh go tapa. Chuir sí an folúsghlantóir ar ais sa seomra níochán, agus thóg sí an meascthóir amach ón gcófra cistine chun cáca milis a dhéanamh. Nuair a bhí sé sin déanta aici agus an cáca milis istigh san oigheann, bhain sí an seomra folcadh amach.

Mhothaigh sí an teannas ag laghdú leis an uisce te. Ansin lig sí isteach níos mó uisce fuar go dtí go raibh a craiceann ag canadh. Throim sí í féin leis an tuáille agus rith sí le céimeanna beaga go dtí a seomra leapa. Throim sí a cuid gruaige leis an triomadóir gruaige. Ghléas sí í féin i ngúna samhraidh éadrom.

'Éirigh go moch ar maidin. Gléas tú féin. Cóirigh do leaba. Déan níochán'. Comhairle Mham arís. Dhírigh sí braillíní úr ar an tocht cnapánach. Bhí a fhios aici cén fáth go raibh sí fós leis an tocht cnapánach sin. Bhí sí idir dhá intinn leaba nua shingil nó leaba nua dhúbailte a cheannach. Tógadh Bríd suas i gclann mhór. Bhíodh sí ag roinnt leaba le Saoirse nó deirfiúr éigin eile di go dtí gur fhág a deirfiúracha ba shine an teach, agus ansin bhí leaba shingil aici di féin don chéad uair ina saol, nuair a bhí sí sé bliana déag d'aois.

As sin amach, bhí sí deas compordach le leaba shingil. Leis an

she was in a room with a choice between a single bed and a double bed, she would choose the single bed. Before she met Paul, she did not let anyone stay in her house overnight. Not that Paul had ever stayed all night, but the day would come, she was sure of it. Paul would leave Aisling and come to live with her. Maybe. She wasn't sure of it. Her life was complicated, and confusing.

She stopped the thoughts. She went into the kitchen and boiled the kettle again and took down the box of Barrys tea. She put Steve Cooney on the player. The guitar was a balm for her excited heart. She took a deep breath. She held it. She let it out. 'Everything will be okay at the end. I promise you'. Paul 's words. But when would the 'end' be?

The oven bell startled her. She grabbed the oven gloves and took out the cake. She put a bowl of chocolate into the microwave to melt. Her sister Saoirse loved a cake with chocolate icing. Bríd took out the bowl and quickly stirred the chocolate. She licked the spoon lovingly thinking back when she and Saoirse were waiting for the spoon any time her mother made a chocolate cake.

Bríd learned early in her life that it was better to give Saoirse the spoonful of chocolate even if she wanted it herself. And that applied to other things in her life. Although they were twins, they were not the same. Bríd was somewhat afraid of Saoirse. Saoirse would grow heated and teary if she didn't always have her own way. And she was too inquisitive as well. Bríd had to be careful and secretive with her private life when they were teenagers. She preferred to avoid Saoirse's dissatisfied look of as often as she could.

It was a good thing that Saoirse was a talkative person, and it

spás beag, in aice le balla, pé áit ina raibh sí. Fiú amháin má bhí sí i seomra le rogha idir leaba shingil agus leaba dhúbailte, b'fhearr léi an leaba shingil. Sular bhuail sí le Pól, níor lig sí aon duine fanacht ina teach thar oíche. Ní hé gur fhan Pól riamh an oíche go léir, ach thiocfadh an lá, bhí sí cinnte de. D'fhágfadh Pól Aisling agus thiocfadh sé chun cónaí léi. B'fhéidir. Ní raibh sí cinnte de. Bhí a saol casta, agus mearbhlach.

Chuir sí stop ar na smaointe. Chuaigh sí isteach sa chistin agus chuir sí an citeal ar fiuchadh arís agus thóg sí síos bosca tae. Chuir sí Steve Cooney ar an seinnteoir. Bhí an giotár mar bhalsam ar a croí corraithe. Ghlac sí anáil dhomhain. Choimeád sí í. Lig sí amach í. 'Beidh gach rud ceart go leor ag an deireadh. Geallaim duit'. Focail Phóil. Ach cathain a bheadh 'an deireadh'?

Bhris clog an t-oigheann isteach uirthi. Thóg sí amach an cáca milis. Chuir sí babhla seacláide isteach sa mhicreathonn chun leáigh. Ba bhreá lena deirfiúr Shaoirse cáca milis le reoáin seacláid. Thóg Bríd amach an babhla agus chorraigh sí na seacláide go tapa. Ligh sí an spúnóg go grámhar ag smaoineamh siar orthu ag fanacht go mífhoighneach leis na spúnóga aon uair a bhí Mam tar éis cáca seacláide a dhéanamh.

D'fhoghlaim Bríd go luath ina saol go raibh sé níos fearr an spúnóg sheacláide a ligean do Shaoirse fiú dá mba mhaith léi í féin í. Agus bhain sé sin le rudaí eile ina saol. Cé gur cúpla iad, níorbh ionann iad. Bhí saghas eagla ar Bhríd roimh Shaoirse. D'éireodh Saoirse teasaí agus deorach muna bhí a slí féin aici i gcónaí. Agus bhí sí fiosrach freisin. Bhíodh ar Bhríd a bheith cúramach agus rúnmhar lena saol nuair a bhí siad ina ndéagóirí. B'fhearr léi Saoirse a sheachaint chomh minic agus a d'fhéadfadh sí.

Ba rud maith é gur duine cainteach ab ea Saoirse, agus bhí sé

was easy for Bríd to be secretive about her life as long as Saoirse had a story to tell. Saoirse rented an apartment in Glenelg, a few kilometres from Bríd's house. Bríd would soon hear about all the details of the week. And Saoirse probably had a new man. Two weeks ago, Bríd called her to find out why she hadn't been on Facebook recently. 'I go to the gym all day, and I get too tired at night' Saoirse said.

There was a sharp little knock at the door and Saoirse came right in talking on her phone with her hand waving airily towards Bríd. Bríd laughed at her and boiled the kettle again. 'How are you at all' Saoirse said with exaggeration after turning off her phone, and without waiting for an answer she turned around saying 'isn't my body beautiful! I'm in the gym every day! '

She sat on the stool in front of the counter and continued non-stop about the gym and the night she spent in a city hotel with some man she met through Bumble. She got heated telling the details and started to cool herself with her hand and saying. 'The air conditioning should be on'. Bríd let out a sigh. She hated putting on the air conditioning too soon. A waste of money.

The twins had a whole different life. After finishing university in Dublin, Bríd travelled for a year and eventually settled down in Adelaide where she got a permanent job as a geneticist at a private university that had just opened. From her travels she was experienced with people from all over and since Hawke University in Adelaide was aimed at international students, she managed to get the job. She quickly climbed the university ladder and was now an associate professor in the science department doing research on twins and genetics.

furasta go leor do Bhríd a bheith rúnmhar faoina saol chomh fada agus a bhí scéal le rá ag Saoirse. Bhí árasán ar cíos ag Saoirse in Glenelg, cúpla ciliméadar ó theach Bhríd. Agus is dócha go raibh fear nua ag Saoirse. Coicís ó shin ghlaoigh Bríd uirthi chun fáil amach cén fáth nach raibh sí ar Facebook le déanaí. 'Bím ag an ionad aclaíochta an lá ar fad, agus bím róthuirseach san oíche' a dúirt Saoirse.

Tháinig cnag beag géar ag an doras agus tháinig Saoirse díreach isteach ag labhairt ar a fón póca agus a lámh ag croitheadh go haerach i dtreo Bhríd. Rinne Bríd gáire léi agus chuir sí an citeal ar fiuchadh arís. 'Conas atá tú in aon chor' a dúirt Saoirse le háibhéil tar éis a fón a mhúchadh, agus gan fanacht le freagra dúrit sí 'nach bhfuil mo chorp go hálainn! Bím ag aclaíocht gach lá!'

Shuigh sí ar an stól os comhair an chuntair agus lean sí ar aghaidh gan stad faoin seomra aclaíochta agus an oíche a chaith sí in óstán cathrach le fear éigean a chas sí trí Bumble. D'éirigh sí teasaí ag insint na sonraí agus thosaigh sí ag fuarú í féin lena láimh agus a rá 'Ba cóir go mbeadh an t-aer oiriúnaithe ar siúl'. Lig Bríd osna. Ba fhuath léi an t-aer oiriúnaithe a chur i bhfeidhm ró luath. Amú airgid.

Bhí saol difriúil ar fad ag an gcúpla. Nuair a chríochnaigh siad an ollscoil i mBaile Átha Cliath, chuaigh Bríd ag taisteal ar feadh roinnt blianta agus ag an deireadh, shocraigh sí síos in Adelaide nuair a fuair sí post buan mar géineolaí in ollscoil phríobháideach a bhí díreach tar éis oscailt. Óna cuid taistil bhí sí cleachtadh le daoine ó gach áit agus ós rud é go raibh Ollscoil Hawke in Adelaide dírithe ar dhaltaí idirnáisiúnta, d'éirigh léi an post a fháil. Chuaigh sí suas an dréimire san ollscoil go tapa agus anois bhí sí ina comhollamh sa roinn eolaíochta ag déanamh taighde faoi chúpla agus

After leaving secondary school, Saoirse went to London and was an actress there for many years, playing small roles on television. After a while she settled down mostly as a theatre actor and gave occasional lectures in drama schools. Now she was on a long break to think about the future ahead of her. She had been in Adelaide for two months now and enjoying life here and the Australian men.

Bríd filled the mugs and sat on a high stool in front of her sister looking at her intently. Although they were twins, they were completely different. Saoirse's hair was a blond color cut in an up-to-date style. Her body was toned unlike Bríd's body. Same big blue eyes but Saoirse's eyes were curious and excited. 'You look really good' said Bríd 'but not just from the gym or the new dress, or the cricket lad last night. There is someone else in your life. What is his name?'

'Believe it or not, I don't know', said Saoirse. 'I see him in the gym, but I don't talk to him. He's terribly handsome and always has headphones in his ears. I am afraid to disturb him. I hear he is married. Because of that, I have to meet him somehow before long to be sure. Maybe I'll fall in front of him mar dhea on the way out. That's always the way with Saoirse, Bríd thought. She likes the romance, the drama, the unexpected contact, a look across a crowded room.

'Listen' Bríd said with concern. 'You have to be careful. You don't know anything about him and it's not worth it if he's married.' With that the cell phone rang from the bathroom. Bríd jumped up in fear and ran there. She picked up the phone from the drawer and turned it off. Just at the same time, Bríd 's phone that was on

ghéineolaíocht.

Tar éis na meánscoile a fhágáil chuaigh Saoirse go Londain agus b'aisteoir í ann leis na blianta, róil bheaga i sraitheanna teilifíse. Tar éis tamaill shocraigh sí síos mar aisteoir amharclainne den chuid is mó agus thugadh sí léacht ó am go ham i scoileanna drámaíochta. Anois bhí sí ar shos fada chun smaoineamh ar an todhchaí a bhí roimpi. Bhí sí in Adelaide le dhá mhí anois agus ag baint taitneamh as an saol anseo agus na fir Astrálach.

Líon Bríd na mugaí agus shuigh sí os comhair a deirfiúr ag féachaint go géar uirthi. Cé gur cúpla iad, bhíodar difriúil go hiomlán. Bhí dath fionn ar ghruaig Shaoirse agus é gearrtha i stíl galánta. Bhí a corp teann murab ionann corp Bhríd. Na súile móra gorma céanna ach bhí súile Saoirse fiosrach agus ar bís. 'Tá tú ag féachaint go maith' a dúirt Bríd 'ach ní amháin ón seomra aclaíochta nó ón ngúna nua, nó ón leaid cruicéid aréir. Tá duine eile i do shaol. Cad is ainm dó?'

'Creid nó ná creid, níl a fhios agam', a dúirt Saoirse. 'Feicim sa seomra aclaíochta é, ach ní labhraím leis. Tá sé dathúil ar fad agus bíonn cluasáin isteach ina cluasa i gcónaí. Bíonn faitíos orm briseadh isteach air. Cloisim go bhfuil sé pósta. Mar sin caithfidh mé bualadh leis ar shlí éigean chun bheith cinnte de. B'fhéidir go dtitfinn roimhe 'mar dhea' ar an tslí amach'. Sin an tslí i gcónaí le Saoirse, a smaoinigh Bríd. Is maith léi an rómánsaíocht, an dráma, an teagmháil gan choinne, féachaint trasna seomra plódaithe.

'Cogar' a dúirt Bríd go himpíoch. 'Caithfidh tú a bheith cúramach. Níl aon eolas agat faoi agus ní fiú é má tá sé pósta.' Leis sin bhuail an fón póca ón seomra folcadh. Léim Bríd suas le heagla agus rith sí ann. Thóg sí an fón póca as an tarraiceán agus chuir sí as é. Díreach ag an am céanna bhuail fón Bhríd a bhí ar an gcuntar

the kitchen counter rang. Saoirse pressed it. Bríd heard a scream. 'That's him' Saoirse shouted. 'That's the lad from the gym!' Why is he calling you? Are you with him? Answer me Bríd'. Bríd ran back to the kitchen. She couldn't think how to answer Saoirse. Then she stammered 'eh, eh, eh yes, I've made a cake with chocolate icing and emmm I kept the spoon for you!'.

SAOIRSE

Saoirse was scared. She was still unsure whether she would have the courage to talk to Bríd honestly about the difficulties of her life. Although they were twins, to be honest, they were not close. Even when they were growing up Saoirse was jealous of Bríd. Bríd was more beautiful and smarter than her. Bríd was attractive and people would rather be in her company than in Saoirse's. Especially her mother. 'Bríd and Saoirse' was always out of her mouth even though Saoirse was born first and there was only Saoirse for twenty minutes that morning thirty-eight years ago. Saoirse had been trying for a long time to get out of Bríd's shadow. That's why she didn't travel around the world like Bríd did but instead settled down in the usual place for Irish emigrants, London.

When she talked to her Mum on a weekly basis, Mum would tell the stories of Bríd 's adventures before asking any questions about Saoirse's life. 'Did you get a postcard from Rio? Didn't you? Well, she is very impressed with that city. She met Liam Brady there and they went climbing together. Now she's about to move to Africa, and she's even talking about Australia, some job or other. She is making the best of her life. I always say that's important, to

sa chistin. Bhrúigh Saoirse air. Chuala Bríd scread. 'Sin é' a scread Saoirse. 'Sin an leaid ón seomra aclaíochta!' Cén fáth go bhfuil sé ag glaoch ort? An bhfuil tú leis? Freagair mé a Bhríd'. Rith Bríd ar ais go dtí an chistin. Ní raibh sí in ann smaoineamh conas Saoirse a fhreagairt. Ansin dúirt sí le stadadh 'eh,eh, eh tá, tá cáca milis le reoáin seacláid déanta agam agus emmm choinnigh mé an spúnóg duit!'

SAOIRSE

Bhí faitíos ar Shaoirse. Ní raibh sí cinnte fós an mbeadh an misneach aici labhairt le Bríd go macánta faoi dheacrachtaí a saol. Cé gur cúpla iad, chun na fírinne a rá, ní rabhadar dlúth dá chéile. Fiú nuair a bhí siad ag fás aníos bhí éad ar Saoirse le Bríd. Bhí Bríd níos áille agus níos cliste ná í. Bhí Bríd tarraingteach agus b'fhearr le daoine bheith ina comhluadar ná a bheith i gcomhluadar Saoirse. Go háirithe a máthair. Ba é 'Bríd agus Saoirse' as a béal i gcónaí cé gur rugadh Saoirse ar dtús agus nach raibh ann ach Saoirse féin ar feadh fiche nóiméid an mhaidin úd tríocha a hocht mbliana ó shin. Bhí Saoirse ag iarraidh le fada teacht amach ó scáth Bhríd. Sin an fáth nár thaisteal sí timpeall an domhain mar a rinne Bríd ach ina ionad sin shocraigh sí síos san áit is gnáth d'eisimircigh Éireannacha, Londain.

Nuair a bhíodh sí ag caint lena Mam go seachtainiúil, bhíodh scéalta eachtraí Bhríd ráite ag Mam roimh cheist a chur ar bith faoi shaol Shaoirse. 'An bhfuair tú cárta poist ó Rio? Nach bhfuair? Bhuel, tá sí an-tógtha leis an gcathair sin. Bhuail sí le Liam Ó Bhrádaigh ann agus chuaigh siad ag dreapadóireacht le chéile. Anois tá sí chun bogadh go dtí an Afraic, agus tá sí ag caint faoin Astráil fiú, post éigin nó eile. Tá sí ag déanamh an chuid is fearr dá saol. Deirimse i gcónaí go bhfuil sé sin tábhachtach, an saol mór a

see the big world when you're young and free. And you, Saoirse, any news from London?' Saoirse tried to say something interesting about her life in London, but she couldn't compete with Bríd's stories and adventures.

Competition, however. That was all she had. Saoirse was better at sport than Bríd. She played tennis, netball and basketball. She was a member of several clubs in London and was proud of her achievements. But her Mum was not interested in sport and Saoirse rarely discussed the weekend games she played. Even last year when Saoirse was in all the winning teams and was the winner of the gold medal for best player in the tennis and netball finals, Mom had only said 'Oh, nice'. Saoirse knew Mum wouldn't be broadcasting stories about Saoirse's sport. But sport didn't matter now. It was a long time since Saoirse won a final or semi-final and she was now approaching forty years of age.

Saoirse had been dissatisfied in London for a long time now. She was dating Conor, a lad from County Galway, a doctor and a rugby player. Every weekend they would go to rugby matches and from time to time a game of hurling or Gaelic football. Then the nights were spent in the pubs. Eventually, Saoirse was fed up with that craic. She told Conor she wanted a little break from the relationship.

'Well?', Bríd asked on the next Skype. They had recently tried Skype. 'Did you do it?' 'Yes', said Saoirse. 'And it's the best thing I've done in a long time. Now I meet a small group of women regularly, walk in the parks, attend plays and paint on the banks of the Thames.' 'I can't wait to hear more of those stories. Are you finally done with men? 'asked Bríd.

fheiceáil nuair atá tú óg agus saor. Agus tusa, a Saoirse, aon scéal ó Londain?' Déanadh Saoirse iarracht rud éigin suimiúil a rá faoina saol i Londain, ach níorbh fhéidir léi dul san iomaíocht le scéalta agus eachtraí Bhríd.

An iomaíocht, ach. Sin an t-aon rud a bhí aici. Bhíodh Saoirse níos fearr sa spórt ná mar a bhí Bríd. D'imir sí leadóg, líonpheil agus cispheil. Bhí sí ina ball de roinnt clubanna i Londain agus bhí sí bródúil as a cuid éachtaí. Ach ní raibh suim ag a Mam sa spórt agus is annamh a phlé Saoirse leis na cluichí deireadh seachtaine a d'imir sí. Fiú amháin an bhliain seo caite nuair a bhuaigh sí an bonn ór don imreoir is fearr sna cluichí ceannais leadóige agus líonpheile, ní raibh ach 'Ó, go deas' ráite ag Mam. Bhí a fhios ag Saoirse nach mbeadh Mam ag athchraoladh scéalta faoi spórt Saoirse. Ach ní raibh tábhacht le spórt anois. Is fada ó bhuaigh Saoirse cluiche ceannais nó leathcheannais agus anois bhí sí ag druidim chuig daichead bliain d'aois.

Bhí Saoirse míshuaimhneach i Londain le fada anois. Bhí sí ag siúl amach le Conor, leaid ó Chontae na Gaillimhe, dochtúir ab ea é agus imreoir rugbaí. Gach deireadh seachtaine théidís go dtí cluichí rugbaí agus ó am go ham cluiche iománaíocht nó peil Ghaelach. Ansin bhíodh na hoícheanta caite sna tithe tábhairne. Faoi dheireadh, bhí Saoirse ag éirí bréan den chraic sin. Dúirt sí le Conor gur mhaith léi sos beag ón gcaidreamh.

'Bhuel?', a cheistiú Bríd de Shaoirse ar an gcéad Skype eile. Bhí siad tar éis triail a bhaint as Skype le déanaí. 'An ndearna tú é?' 'Rinne' a dúirt Saoirse. 'Agus is é an rud is fearr a rinne mé le fada an lá. Anois táim ag bualadh le grúpa beag ban go rialta, ag siúl sna páirceanna, ag freastal ar dhrámaí agus ag péinteáil ar bhruacha an Tamais'. 'Ní féidir liom fanacht le níos mó de na scéalta

Saoirse did not know. Yes, she had become calmer and clearer about what she wanted. She wanted a baby, for sure. Since Conor was not interested in starting a family, Saoirse had to find another man. Where to start? 'Finished with Irish men, anyway, Bríd. I'm excited to be seeing you soon and hearing about your own love life'. Saoirse had no knowledge of Bríd's private life. She didn't know if Bríd had ever thought of children. She didn't know if Bríd was in a relationship with a man - or a woman.

The reunion at Adelaide airport was tearful and amazing. The twins were delighted to be together again after ten years. They had changed a lot as adults. Thinner in the face, more power in the body. The first night they stayed up, chatting, drinking, and playing the card games of their childhood. After three days, Bríd went back to work and Saoirse moved to an apartment in a suburb called Glenelg. Saoirse started attending fitness classes, and the weeks passed.

It was customary for Bríd to give Saoirse a lift to her university gym. There was an opportunity to speak as good friends on that journey, and one time Saoirse started to talk about marriage and children. The twins would like to have the Right Person before a child, but where was he? They described to each other the lads they had been going out with, and no interest from those men in anything later than the weekend. And they spoke about their friends who had settled for some man and a few years later were separated and raising a child on their own. 'We have to find the Right Person in a professional way', said Saoirse. 'I plan to find the Right Per-

sin a chloisteáil. An bhfuil tú críochnaithe le fír, go hiomlán?' a d'fhiafraigh Bríd di.

Ní raibh a fhios ag Saoirse. Sea, bhí sí níos cinnte agus níos soiléire faoi na rudaí a theastaigh uaithi. Bhí leanbh uaithi, cinnte. Ós rud é nach raibh suim ag Conor clann a thosú, bhí ar Saoirse fear eile a fháil. Cá tosú? 'Críochnaithe le fir Éireannach, ar aon nós, a Bhríd. Táim ar bís tú a fheiceáil go luath agus a chloisteáil faoi do shaol grá féin'. Ní raibh aon eolas ag Saoirse faoi shaol Bhríd. Ní raibh a fhios aici ar smaoinigh Bríd ar leanaí riamh. Ní raibh a fhios aici an raibh Bríd i gcaidreamh le fear – nó le bean.

Bhí an teacht le chéile ag aerfort Adelaide go deorach agus iontach. Bhí áthas ag an gcúpla a bheith le chéile arís tar éis deich mbliana. Bhí siad athraithe go mór mar dhaoine fásta. Níos tanaí san aghaidh, níos mó cumhacht sa chorp. An chéad oíche d'fhan siad suas ag déanamh cabaireacht, ag ól, agus ag imirt cluichí cártaí a n-óige le scléip. Tar éis trí lá, chuaigh Bríd ar ais ag obair agus bhog Saoirse go dtí árasán i mbruachbhaile darb ainm Glenelg. Thosaigh Saoirse ag freastal ar ranganna aclaíochta, agus rith na seachtainí thart.

Ba ghnách le Bríd síob a thabhairt do Shaoirse go dtí ionadh aclaíochta a hollscoil. Bhí seans ann labhairt le chéile mar dhlúth-chairde ar an turas sin, agus uair amháin thosaigh Saoirse ag caint faoi phósadh agus chlann. Ba bhreá leis an gcúpla an Duine Ceart a bheith acu roimh leanbh, ach cá raibh sé? Rinneadar cuir síos lena chéile faoi na leaideanna a rabhadar ag siúl amach leo agus gan suim ag na fir sin in aon rud níos faide ná an deireadh seachtaine. Agus labhair siad faoina cairde a bhí tar éis socrú le fear éigin agus cúpla bliain ina dhiaidh sin bhíodar scartha óna chéile agus leanbh á thógáil suas ina n-aonar. 'Caithfimid an Duine Ceart a

son and win his heart'. 'And get his seed', laughed Bríd.

Now the twins were still without the right person and Bríd was still secretive about her relationship with Paul. Filling the mugs, Bríd was questioning Saoirse about the name of the man responsible for the expensive new clothes she was wearing. Saoirse was about to tell the news about the man in the gym when a phone rang. Saoirse was confused when Bríd suddenly jumped up and ran to the bathroom. At the same time, Bríd 's phone, which was on the counter, rang. Saoirse grabbed it and pressed it. Her heart started racing when she saw a man's face. Life stopped. There was a smell of chocolate in the air.

AISLING

Aisling was worried. It was the first time she had left the baby with a stranger. She didn't want to go to a party, but Paul said it was really important to meet his work friends from the science department at Hawke University who would be gathering at Bríd 's house tonight. He had been working at the university for six months now and Aisling had no excuse not to take this step, to meet new people and to show him that he was serious about settling down in Adelaide.

Although she did not know anyone in the area where they lived, it did not bother Aisling, so taken as she was with little Peadar and as busy as she was every day. She was barely able to do all the housework before Paul came home. To tell the truth, she was happy that he stayed late at university a few times a week and regularly attended a gym. One thing, however. Paul was pushing

aimsiú ar bhealach gairmiúil', a dúirt Saoirse. 'Tá sé beartaithe agam an Duine Ceart a aimsiú agus a chroí a bhuaigh'. 'Agus a shíol a fháil!', a gháir Bríd.

Anois, bhí an cúpla fós gan an duine ceart agus bhí Bríd fós rúnda faoina caidreamh le Pól. Ag líonadh na mugaí, bhí Bríd ag ceistiú Saoirse faoi ainm an fhir a bhí freagrach dos na héadaí daora nua a bhí sí á caitheamh aici. Bhí Saoirse ar tí an nuacht a insint faoin nuair a bhuail fón, agus bhí mearbhall uirthi nuair a léim Bríd suas go tobann agus nuair a rith sí go dtí an seomra folcadh. Ag an am céanna, bhuail fón Bhríd a bhí ar an gcuntar. Ghabh Saoirse é. Thosaigh a croí ag rásáil nuair a chonaic sí aghaidh fir. Stad an saol. Bhí boladh seacláide san aer.

AISLING

Bhí imní ar Aisling. Ba é seo an chéad uair a d'fhág sí an leanbh le strainséir. Níor mhaith léi dul go dtí an chóisir anocht, ach dúirt Pól go raibh sé fíor thábhachtach bualadh lena chairde oibre ón roinn eolaíochta in Ollscoil Hawke a bheadh ag bailiú le chéile i dteach Bhríd anocht. Bhí sé ag obair san ollscoil le sé mhí anois agus ní raibh leithscéal fágtha ag Aisling gan an chéim seo a thógáil, bualadh le daoine nua agus a thaispeáint dó go raibh sí dáiríre faoi shocrú isteach in Adelaide.

Cé nach raibh aithne aici ar aon duine sa cheantar ina raibh siad ina gcónaí, níor chuir sé isteach ar Aisling, chomh tógtha agus a bhí sí le Peadar beag agus chomh gnóthach agus a bhí sí gach lá. Is ar éigean a bhí sí in ann obair an tí go léir a dhéanamh sular tháinig Pól abhaile. Chun an fhírinne a rá, bhí sí sásta gur fhan sé déanach san ollscoil uair nó dhó sa tseachtain agus go raibh sé ag

Aisling to get a new mobile phone for Australia. With the Irish phone she still had, Aisling felt more confident that Paul would keep his promise that they would not be in Adelaide for more than two years. He still had a permanent job in Dublin. He was invited to come to Adelaide to set up a new Space Technology department in the city famous for the astronaut Andy Thomas.

Tonight, Paul and Aisling were Bríd's party, an Irish woman at Hawke University. She was from county Kildare and Paul thought she was quite friendly. Since Aisling was worried about the baby at home, Paul decided to call the babysitter on the hour. But in fact, Aisling would rather be home tonight with little Paul and Peadar. 'Look, Aisling' said Paul as they sat on a sofa in Bríd's living room. 'There is a woman over there who has recently given birth and has a worried look on her face'. Aisling looked up at the woman and she recognized that look and saw the tears about to fall from that young woman's eyes.

Aisling stood up and crossed the floor to where the woman was. 'Hello, I'm Aisling. I see you have an empty glass. Would you like another drink? I'm going to the kitchen.' The woman's face lit up, 'oh, yes, thank you. White wine please.' When Aisling returned with the drinks, she asked the man on the couch next to the woman to move over a bit. It was done and she sat down and handed the glass to the woman saying 'health to mothers. I have a six-month-old baby. ' 'I'm Kate, and I have a six-week-old baby,' said the Australian accent.

'Say nothing else' said Aisling. 'You're exhausted with a lack of sleep, but after a few more weeks the baby will sleep better. 'My

freastal ar ionad aclaíochta go rialta. Rud amháin, ach. Bhí Pól ag cur brú ar Aisling fón póca nua a fháil don Astráil. Leis an bhfón póca Éireannach a bhí aici fós, mhothaigh Aisling níos cinnte go gcoinneodh Pól a ghealltanas nach mbeidís in Adelaide níos mó ná dhá bhliain. Bhí post buan aige fós i mBaile Átha Cliath. Fuair sé cuireadh teacht go hAdelaide chun roinn spáis a bhunú sa chathair ar a raibh cáil air mar gheall ar an spásaire Andy Thomas.

Anocht bhí Pól agus Aisling ag cóisir Bhríd, bean Éireannach in Ollscoil Hawke. Ba as Contae Chill Dara í agus dar le Pól bhí sí cairdiúil go leor. Ós rud é go raibh Aisling imníoch faoin leanbh sa bhaile, bheartaigh Pól glaoch ar an bhfeighlí leanaí ar uair an chloig. Ach in ainneoin sin, chun an fhírinne a rá, b'fhearr le hAisling bheith sa bhaile anocht le Pól agus Peadar beag. 'Féach, a Aisling' a dúirt Pól agus iad ina suí ar tholg i seomra suí Bhríd. 'Tá bean thall ansin atá tar éis leanbh a bhreith le déanaí agus tá cuma bhuartha ar a aghaidh'. D'fhéach Aisling suas i dtreo na mná, agus d'aithin sí an chuma sin agus chonaic sí na deora ar tí titim ó shúile an bhean óg úd.

Sheas Aisling suas agus thrasnaigh sí an t-urlár go dtí an áit ina raibh an bhean. 'Dia duit, is mise Aisling. Feicim go bhfuil gloine fholamh agat. Ar mhaith leat deoch eile? Táim ag dul go dtí an chistin'. Lasadh aghaidh an bhean suas, 'ó ba mhaith liom, go raibh maith agat. Fíon bán le do thoil'. Nuair a d'fhill Aisling leis na deochanna, d'iarr sí ar an bhfear a bhí ar an tolg in aice leis an mbean bogadh. Rinneadh é agus shuigh sí síos agus thug sí an ghloine don bhean ag rá 'sláinte dos na máithreacha. Tá leanbh sé mhí agamsa'. 'Is mise Cáit, agus tá leanbh sé seachtaine agam' a dúirt an blas Astrálach. 'Ná habair aon rud eile' a dúirt Aisling. 'Tá tú traochta le heaspa codlata, ach cúpla seachtain eile beidh an leanbh ag codladh níos fearr.' 'Sinéad is ainm dom leanbh' a dúirt

baby's name is Sinéad', said Kate with relief. 'Sinéad', that's a nice Irish name,' said Aisling. 'My husband over there is Irish. His name is Brian. He's from Limerick', said Kate. Aisling looked in that direction and saw a young man sitting next to Paul.

Aisling leaned forward and then noticed Bríd coming into the room with a bottle of wine. She was certainly a beautiful and lively woman. But now Bríd stopped at Paul's chair and laid her hand lightly on Paul's shoulder. Aisling was shocked, not because of that token of friendship because she knew about the friendship between Bríd and Paul who had been working closely together. It was not that. What was worrying was that there was no response from Paul. He didn't move. He didn't look up. He didn't speak. There was no doubt that the two had a close relationship. Aisling's eyes filled with tears and a lump came into her throat.

'Oh, I'm sorry', Kate interrupted. 'Did I remind you of your own child? Do you miss him? ' 'That's not it', said Aisling, and said goodbye hurriedly to Kate and went back to Paul.

Aisling bent low near Paul's ear and poked him in the shoulder. 'Let's go right now'. Paul jumped up. He didn't know what was bothering Aisling, but he recognized that sharp voice and knew he was in big trouble.

The pair had nothing to say on the way home to their new home in the Adelaide hills. It was called a 'MacMansion': a three-storey house built in an area where most of the other houses were on one level. In Ireland, three-storey houses were common, especially in the countryside. Aisling's mother had built one in County Cork near the small cottage that had existed for the past three hundred years. Paul bought this ''MacMansion in Adelaide before

Cáit le faoiseamh. 'Sinéad', is ainm deas Éireannach é sin' a dúirt Aisling. 'Is Éireannach é m'fhear chéile thall ansin. Brian is ainm dó', a dúirt Cáit. 'Is as Luimneach é.'. D'fhéach Aisling sa treo sin agus chonaic sí fear óg ina shuí in aice le Pól.

Chlaon Aisling ar aghaidh agus ansin thug sí faoi deara Bríd ag teacht isteach sa seomra le buidéal fíon. Bean dathiúil agus meidhreach ab ea inti go cinnte. Ach anois stad Bríd ag cathaoir Phóil agus leag sí a lámh go héadrom ar a ghualainn. Bhain geit as Aisling, ní mar gheall ar an gcomhartha cairdis sin mar bhí a fhios aici faoin gcairdeas a bhí idir Bhríd agus Phól agus iad ag obair go dlúth le chéile. Ní hea. Sé an rud imníoch a bhí ann ná nach raibh aon fhreagra ó Phól. Níor bhog sé. Níor amharc sé suas. Níor labhair sé. Ní raibh aon amhras ina thaobh go raibh dlúthchaidreamh idir an bheirt. Líon súile Aisling le deoraí agus tháinig cnap ina scornach.

'Ó, tá brón orm', a bhris Cáit isteach. 'Ar chuir mé do pháiste féin i gcuimhne duit? An mothaíonn tú uait é?' 'Ní hé sin', a dúirt Aisling, agus d'fhág sí slán deifreach ag Cáit agus chuaigh sí ar ais chuig Pól. Chrom Aisling go hísle in aice le cluas Phóil agus phrioc sí sa ghualainn é. 'Téimis go díreach anois'. Léim Pól suas. Ní raibh a fhios aige cad a bhí ag cur isteach ar Aisling, ach d'aithin sé an guth géar sin agus bhí a fhios aige go raibh sé i dtrioblóid mhór.

Ní raibh faic ráite ag an bpéire ar an mbealach abhaile go dtí a dteach nua sna cnoic Adelaide. Tugadh 'MacMansion' air: teach trí stór a bhí tógtha i gceantar ina raibh an chuid is mó dos na tithe eile ar leibhéil amháin. In Éirinn, bhí, tithe trí stór coitianta, go háirithe faoin tuath. Bhí ceann tógtha ag máthair Aisling i gContae Chorcaí in aice leis an teachín beag a bhí ann le trí chéad

Aisling came out. When he got the job, Aisling was pregnant and couldn't fly, so she stayed with her mom. Paul flew home for the birth and returned to Adelaide when Peadar was two weeks old. Four months later Aisling and Peadar came to Adelaide.

Paul gave the babysitter a lift home. When he returned, the house was in darkness. It was clear that Aisling was not interested in talking that night. Paul went into the living room and stretched his long arms on the couch. He put his hand in his back pocket feeling for his phone but it wasn't there. He got up reluctantly and went out to the car. The phone may have come out of his pocket while he was driving. It was not there. It must be in Bríd 's house. He quietly closed the car doors and slipped into the house and lay back the couch. He was so tired that he fell asleep straight away.

Aisling lay in bed waiting for Paul's return. She heard the car coming back and Paul coming in, but he didn't come upstairs. Then she heard the door being opened again and the car doors being opened and closed and then Paul returning into the house. Since then, there was only silence. Aisling was surprised that Paul didn't even come up to look at Peadar as usual. 'Silence is often a sign of guilt' Aisling thought.

Yes, he had fallen in love with Bríd. Aisling's heart filled with pain and she began to cry. She was saddened by her difficult year, including Peadar's birth. She took a chance starting a new life in South Australia but was clearly not ready to stand alone.

After a while she heard Paul snoring from the living room and Peadar's wailing from the bedroom. Aisling got up and walked

bliain anuas. Cheannaigh Pól an 'MacMansion' seo in Adelaide sular tháinig Aisling amach. Nuair a fuair sé an post bhí Aisling ag iompar clainne agus ní raibh sí in ann eitilt, mar sin, d'fhan sí lena Mam. D'eitilt Pól abhaile don bhreith agus d'fhill sé go hAdelaide nuair a bhí Peadar dhá sheachtain d'aois. Ceithre mhí tar éis sin tháinig Aisling agus Peadar go hAdelaide.

Thug Pól síob abhaile don fheighlí páistí. Nuair a d'fhill sé bhí an teach sa dorchadas. Ba léir nach raibh suim ag Aisling caint an oíche sin. Chuaigh Pól isteach sa seomra suí agus shín sé a ghéaga fada ar an tolg. Chuir sé a lámh ina phóca cúil ag mothú don a fhón póca ach ní raibh sé ann. D'éirigh sé go drogallach agus amach leis go dtí an carr. B'fhéidir gur tháinig an fón póca amach as a phóca agus é ag tiomáint. Ní raibh sé ann. Caithfidh go bhfuil sé i dteach Bhríd. Dhún sé doirse an chairr go ciúin agus shleamhnaigh sé isteach sa teach agus luigh sé ar ais ar an tolg. Bhí sé chomh tuirseach sin gur thit sé ina cnap codlata ar an bpointe.

Luigh Aisling sa leaba ag fanacht le filleadh Phóil. Chuala sí an carr ag teacht ar ais agus Pól ag teacht isteach, ach níor tháinig sé suas staighre. Ansin chuala sí an doras á oscailt arís agus doirse an chairr á oscailt agus á dhúnadh agus ansin Pól ag filleadh isteach sa teach. Ó shin, ní raibh ann ach ciúnas. Bhí ionadh ar Aisling nár tháinig Pól suas fiú amháin chun féachaint isteach ar Pheadar mar ba ghnách leis. 'Is minic a mbíonn ciúin ciontach' a cheap Aisling. Sea, bhí sé tar éis titim i ngrá le Bríd. Líon croí Aisling le pian agus thosnaigh sí ag gol. Bhí brón uirthi faoin bhliain dhian a bhí aici agus breith Pheadar san áireamh.

Thóg sí seans as tosú saol nua san Astráil Theas ach is léir nach raibh sí réidh chun seasamh ina aonar. Tar éis tamall chuala sí srann Phóil ón seomra suí agus olagónach Pheadair ón seomra

quickly to Peadar for fear of waking Paul. She wanted to take him to bed with her but she changed her mind. She took Peadar downstairs and put him in the pram and left him next to Paul. Then she ran upstairs and into bed. She heard Peadar yelling and Paul comforting him. She was grateful for the strong bond that existed between Paul and Peadar and fell into a dreamless sleep.

The next day, Aisling woke up to the smell of cooking from the kitchen, with Paul laughing out loud as if nothing had changed. She was upset. Everything had changed for her. It was not possible to continue pretending that everything was not right, but what should be done to solve the problem? She did her hair in the bathroom. She brushed her teeth thoughtfully. She put cream on her face and went downstairs to the kitchen. 'This is your beautiful Mum,' cried Paul. Peadar's face lit up and he raised his hands.

With Peadar in her arms, she began to waltz with him around the kitchen as usual. She turned and turned hysterically until Paul grabbed her and kept a firm grip on her shoulder. Paul took the baby from her and led her towards a kitchen chair. He put the baby into the high chair and went on his knees in front of his wife who was now silent, dead-eyed, broken down. 'I will do anything', Paul said, 'anything, to resolve the situation'.

She stood up slowly and said coldly, 'Just call her and tell her it's over'. Paul jumped up. 'Yes', he said, and began searching in his pockets. 'Oh, I probably left my phone in the house last night. I'll talk to her tomorrow. I promise you. ' 'Today'. 'Right now,'. Aisling had a robotic voice. Paul became anxious and ran out into the street.

codlata. D'éirigh Aisling agus shiúil sí go tapa go dtí Peadar ar eagla go ndúiseodh sé Pól. Bhí sí chun é a thabhairt isteach sa leaba léi ach d'athraigh sí a hintinn. Thóg sí Peadar síos an staighre agus chuir sí é isteach sa phram agus d'fhág sí in aice le Pól é. Ansin rith sí suas an staighre agus isteach sa leaba léi. Chuala sí Peadar ag béicíl agus Pól ag tabhairt sólás dó. Bhí sí buíoch as an gceangal láidir a bhí idir Pól agus Peadar agus thit sí i gcodladh gan bhrionglóid.

An lá dár gcionn, dhúisigh Aisling le boladh chócaireacht ón chistin, agus Pól ag gáire os ard ar nós nach raibh aon rud athraithe. Bhí sí trí chéile. Bhí gach rud athraithe di. Níorbh fhéidir leanúint ar aghaidh ag ligean air nach raibh gach rud ceart, ach cad ba chóir a dhéanamh chun an fhadhb a réiteach? Chóirigh sí a cuid gruaige sa seomra folcadh. Ghlan sí a fiacla go smaointeach. Chuir sí uachtar ar a haghaidh agus síos an staighre léi go dtí an chistin.

'Seo do Mhamaí álainn' a gháir Pól. Las aghaidh Pheadar agus d'ardaigh sé a lámha. Agus Peadar ina baclainn aici, thosaigh sí ag válsáil leis timpeall na cistine mar ba ghnách léi. Chas sí agus chas sí le histéire go dtí gur rug Pól greim uirthi agus choimeád sé greim daingean ar a gualainn. Thóg Pól an leanbh uaithi agus stiúir sé í i dtreo cathaoir chistine. Chuir sé an leanbh isteach sa chathaoir ard agus chuaigh sé ar a ghlúine os comhair a bhean chéile a bhí ina tost anois, súile marbhánta, í briste go hiomlán. 'Déanfaidh mé aon rud', a dúirt Pól, 'aon rud, chun an scéal a réiteach'.

Tháinig amharc faobhrach ar Aisling. Sheas sí go mall agus dúirt sí go fuarchúiseach, 'Glaoigh uirthi go díreach agus abair léi go bhfuil sé críochnaithe'. Léim Pól suas. 'Déanfaidh', a dúirt sé, agus thosaigh sé ag cuardach ina phócaí. 'Ó, is dócha gur fhág mé m'fhón sa teach aréir. Labhróidh mé léi amárach. Geallaim duit'.

It was Sunday morning and the street was as quiet as a cemetery. Paul was about to knock on a door when he saw a man and a dog coming around the corner at the end of the street. He was an old man. Paul became worried that he would not have a phone and turned left to knock on a door. No one was home. The old man was getting closer now and Paul ran to him shouting 'do you have a phone?' The man was startled and the dog started barking and barking. Paul continued to run but now he put his hand to his ear, 'phone, do you have a phone?' The man stopped and yelled at the dog. He searched in his pocket and took out a smartphone and handed it to Paul.

Paul grabbed it gratefully and was about to make a call when he panicked. He couldn't remember Bríd's number. He told the old man the story. 'Is it your own phone?', asked the old man. 'Yes', said Paul. 'Well, call that number and the woman may be able to hear it.' 'Oh, thank you for that', said Paul shaking the old man's hand. He dialed his own number. He heard the phone ringing, but at that point Bríd 's number came to him. Dialing the number, he heard Aisling scream and Peadar cry behind him.

He was taken aback and let the phone fall. He turned around. Aisling was at the open window on the third floor. One foot out on the window sill.

'Inniu'. 'Anois', díreach'. D'éirigh Pól imníoch agus rith sé amach sa tsráid.

Maidin Dé Domhnaigh a bhí ann, agus bhí an tsráid chomh ciúin le reilig. Bhí Pól ar tí bualadh ar dhoras nuair a chonaic sé fear agus madra ag teacht timpeall an chúinne ag deireadh na sráide. Seanfhear a bhí ann. D'éirigh Pól imníoch nach mbeadh fón póca ag an té sin, agus chas sé ar chlé agus chnag sé ar dhoras. Ní raibh aon duine sa bhaile. Bhí an seanfhear ag druidim níos cóngaraí anois agus rith Pól chuige ag béicíl 'an bhfuil fón póca agat in aon chor?' Bhain geit as an bhfear agus bhain geit as an madra a thosaigh ag tafann agus ag drannadh. Lean Pól ag rith ach anois chuir sé a lámh ar a chluasa, 'fón póca, an bhfuil fón póca agat?' Stad an fear agus lig sé béic ar an madra. Phóirseáil sé ina phóca agus thóg sé amach fón cliste agus thaispeáin é do Phól é.

Rug Pól air go buíoch agus bhí sé ar tí glaoch a dhéanamh nuair a tháinig scaoll air. Ní raibh sé in ann uimhir Bhríd a chuimhneamh. Sceith sé an scéal don seanfhear. 'An é d'fhón phóca féin atá i gceist?', a cheistiú an seanfhear. 'Sea', a dúirt Pól. 'Bhuel', glaoigh ar an uimhir sin agus b'fhéidir go mbeidh an bhean in ann é a chloisteáil'. 'Ó buíochas as sin', a dúirt Pól ag crith lámh an seanfhear, agus dhiailigh sé a uimhir féin. Chuala sé an fón ag bualadh, ach ar an bpointe sin tháinig uimhir Bhríd chuige. An uimhir á diailiú aige chuala sé scréach Aisling agus béic Pheadar taobh thiar de. Baineadh geit as agus thit an fón. Chas sé timpeall. Bhí Aisling ag an bhfuinneog oscailte ar an tríú hurlár. Cos amháin amach ar an leac fuinneoige.

Dara

Ten years ago, Paul and his brother Dara were involved in research about twins in a clinic in Dublin. They went there monthly when they were studying at university. One day they met Bríd who was involved in the same study. That day Saoirse was ill and Bríd was alone, and after spending the evening with Dara and Paul in the clinic and then over coffee in a nearby restaurant, Bríd was impressed with Paul. In fact, it is possible to say that she fell in love with him on the spot. Although they were twins, Paul was quieter than Dara. There was a light in his eyes that was not in Dara's eyes.

Paul told Bríd straight away the first day they met that one day he would be an astronaut, and that aroused Brid's interest. She was inspired by life ahead, the possibilities. That night Bríd told her sister Saoirse that she had fallen in love with a man she had met that evening. Saoirse was sceptical. Bríd had always fallen in love with boys, but she did not continue a relationship for more than a month or two.

After graduating, Paul found a permanent job in Dublin and Dara worked in Antarctica for five years. On his return to Ireland, Dara was interested in settling down with a wife and children. In the Department of the Environment in the Irish Government he met a beautiful woman who had the same desire to settle down and start a family. They weren't going to get married until they were sure about each other, but after a while Aisling became pregnant.

Everything changed after that. Aisling had bad morning sickness. She lost weight and was hospitalized. One night while driving to the hospital after a long day in the office, Dara drove through

DARA

Deich mbliana ó shin, bhí Pól agus a dheartháir Dara páirteach le taighde faoi chúpla i gclinic i mBaile Átha Cliath. Nuair a bhíodar ag staidéar san ollscoil théidís ann go míosúil. Lá amháin bhuaileadar le Bríd a bhí páirteach san staidéir chéanna. An lá sin bhí Saoirse tinn agus bhí Bríd ina haonar, agus tar éis an tráthnóna a chaitheamh le Dara agus Pól sa chlinic agus ansin i mbialann chóngarach, bhí Bríd tógtha le Pól. Déanta na fírinne is féidir a rá gur thit sí i ngrá leis ar an bpointe. Cé gur cúpla iad, bhí Pól níos ciúine ná Dara. Bhí solas ina shúile nach raibh i súile Dara.

Dúirt Pól le Bríd go díreach ar an gcéad lá a chasadar le chéile go mbeadh sé ina spásaire lá amháin, agus dhúisigh sé sin dúil i Bhríd. Bhí sí spreagtha don saol a bhí roimpi, na féidearthachtaí. An oíche sin dúirt Bríd lena deirfiúr Shaoirse go raibh sí tar éis titim i ngrá le fear a bhuail sí leis an tráthnóna sin. Bhí Saoirse amhrasach. Bhí Bríd i gcónaí ag titim i ngrá le buachaillí áirithe, ach níor lean sí ar aghaidh le caidreamh níos mó ná mí nó dhó.

Tar éis a gcéimeanna a bhaint amach, fuair Pól post buan i mBaile Átha Cliath agus bhí Dara ag obair san Antartach ar feadh cúig bliana. Nuair a d'fhill sé go hÉirinn, bhí suim ag Dara socraigh síos le bean agus clann. Sa Roinn Timpeallachta i Rialtas na hÉireann bhuail sé le bean álainn a bhí an fonn céanna aici socraigh síos agus clann a thosaigh. Ní raibh siad chun pósadh go dtí go rabhadar cinnte dá chéile, ach i gceann tamall bhí Aisling ag iompar clainne.

D'athraigh gach rud ansin. Bhí tinneas na maidine go dona ag Aisling. Chaill sí meáchan agus cuireadh san ospidéal í. Oíche amháin agus é a thiomáint go dtí an t-ospidéal tar éis lá fada san

the red traffic light in front of the hospital and was hit by another car. He was taken into the hospital seriously injured. Paul and Aisling were called. At his deathbed Paul promised Dara that he would take care of Aisling and the baby. And so it happened.

After Dara's death, Paul accepted an invitation from Hawke University in Adelaide to establish a new space technology department. He heard about that position from Bríd via Facebook while she was traveling and looking to try a new country. Paul was very fond of Bríd, and they talked a lot on Facebook, but that was all. He had no desire to associate with anyone. He was focused on the work and the care of Aisling and Peadar.

AISLING

Aisling carried Peadar in her arms upstairs as if in a dream. She was exhausted, exhausted after the argument with Paul. When she reached the bedroom, she felt cold air coming through the window. She placed the baby on the floor and moved to the window. She saw Dara on the street. Dara! She thought she screamed his name but only the sound came out. She tried again to call Dara 's name and put one foot on the window sill.

Dara was running to her! He was back to her! Peadar 's cry broke her out of her dream, but before she could pick him up from the floor, she saw a man. 'Dara!' She shouted out excitedly 'No,' Paul said. Not Dara. It's me here. Me and Peadar. While Dara is not in this world, he is in your heart, Aisling.' 'But he's not in this country', Aisling said. I have to go home, Paul. I'm sorry about it, but I can't stay here with you. '

oifig, chuaigh Dara tríd an solas tráchta dearg os comhair an ospidéil agus iad bhuail carr eile é. Tógadh isteach san ospidéal é gortaithe go dona. Cuireadh fios ar Phól agus Aisling. Ag a leaba bháis gheall Pól le Dara go dtabharfadh sé aire d'Aisling agus an leanbh. Agus tharla sin.

Tar éis bháis Dara, thóg Pól suas cuireadh ón Ollscoil Hawke in Adelaide chun roinn spáis a bhunú. Chuala sé faoin bpost sin ó Bhríd trí Facebook nuair a bhí sí ag taisteal agus ag lorg tír nua a thriail. Bhí Pól mór le Bríd, agus bhí siad ag labhairt ar Facebook go minic, ach ba sin an méid. Ní raibh fonn aige dul i gcleamhnas le haon duine. Bhí sé dírithe ar obair agus ar chúram Aisling agus Peadar.

AISLING

D'iompair Aisling Peadar ina baclainn suas an staighre. Bhí sí spionta, traochta tar éis na hargóinte le Pól. Nuair a shroich sí an seomra leapa mhothaigh sí aer fuar ag teacht tríd an fhuinneog. Chuir sí an leanbh ar an urlár agus bhog sí go dtí an fhuinneog. Chonaic sí Dara ar an tsráid. Dara! Cheap sí gur scread sí a ainm ach níor tháinig amach ach an fhuaim. Rinne sí iarracht arís ainm Dara a ghlaoch agus chuir sí cos amháin ar leac na fuinneoige.

Bhí Dara ag rith chuici! Bhí sé ar ais léi! Bhris béic Pheadar as a bhrionglóid í, ach sula raibh sí in ann é a phiocadh suas ón urlár, chonaic sí fear. 'Dara!' a ghlaoigh sí amach le sceitimíní 'Ní hé,' a dúirt Pól. 'Ní hé Dara. Is mise atá anseo. Mise agus Peadar. Cé nach bhfuil Dara sa saol seo, tá sé i do chroí, a Aisling'. 'Ach níl sé sa tír seo', a dúirt Aisling. Caithfidh mé filleadh abhaile, a Phóil. Táim buartha faoi, ach ní féidir liom fanacht anseo leat.'

SAOIRSE

Saoirse listened to all that Bríd had to say. She heard about Aisling and Paul's marriage. That Paul wanted to do the right thing. He thought he would fall in love with Aisling but it was just friendship. It was clear to her that Bríd was absolutely in love with Paul. She was embarrassed to hear Bríd apologize sincerely for competing with her over Paul. Saoirse laughed and said 'You were there first and so he's yours!' Then she confessed to Bríd that she was not really serious about Paul. That she was anxious as she approached forty years of age. 'I see a child in my life, but I don't see a man'. 'I see Paul in my life', Bríd said confidently, 'but I don't see a child'. The twins continued day and night talking openly about the difficulties of women's lives. They had a lot of choices in one way but then there were their body clocks. 'Bríd', Saoirse said before leaving the house at midnight. 'Take the phone to Paul in the morning. Claim him. '

BRÍD

On the drive through the hills, Bríd thought of the night just gone and the conversation she had with her sister. How many years had it been since they had such a conversation, deep, honest, and straightforward? Yes, there was a lot of difference between them: she was patient, Saoirse was impatient; she was careful; Saoirse was carefree. Today she was about to take the chance to make a claim on Paul. If he did not agree with her in terms of marriage and children, she would go elsewhere. She smiled to herself. 'Maybe I'll go to every gym in Adelaide after work until I find the right one' she said to herself.

SAOIRSE

D'éist Saoirse le gach a raibh le rá ag Bríd. Chuala sí faoi phósadh Aisling agus Pól. Go raibh Pól ag iarraidh an rud ceart a dhéanamh. Gur cheap sé go dtitfeadh sé i ngrá le Aisling ach nach raibh ann ach cairdeas. Bhí sé soiléir di go raibh Bríd amach is amach i ngrá le Pól. Tháinig náire uirthi nuair a chuala sí Bríd ag gabháil leithscéal ó chroí as bheith in iomaíocht le Saoirse thar Phól. Gháir Saoirse agus a rá 'Bhí tusa ann ar dtús agus is leatsa é mar sin!' Ansin d'admhaigh sí le Bríd nach raibh sí i ndáiríre faoi Phól. Go raibh sí imníoch agus í ag druidim chuig daichead bliain. 'Feicim leanbh i mo shaol, ach ní fheicim fear'. 'Feicim Pól im shaol', a dúirt Bríd go cinnteach, 'ach ní fheicim leanbh'. Lean an cúpla an lá agus an oíche ag caint go hoscailte faoi deacrachtaí saol na mban. Bhí a lán rogha acu ar shlí amháin ach ar shlí eile bhí cloig a gcoirp ag ticeáil. 'A Bhríd', a dúirt Saoirse roimh an teach a fhágáil um meán oíche. 'Tóg an fón go dtí Pól ar maidin. Agus cur éileamh isteach air.'

BRÍD

Ar an tiomáint trí na cnoic smaoinigh Bríd ar an oíche dhíreach imithe agus an comhrá úd a bhí aici lena deirfiúr. Cé mhéad bliain a bhí sé ó a raibh comhrá mar sin acu, doimhne, macánta, agus díreach? Sea bhí a lán difríochta eatarthu: bh sí foighneach; Saoirse mífhoighneach; bhí sí cúramach, Saoirse míchúramach. Inniu bhí sí chun dul sa seans agus éileamh a chur isteach ar Phól. Mura mbeidís ar an dearcadh araon ó thaobh pósadh agus clann, rachadh sí áit eile. Rinne sí miongháire di féin. 'B'fhéidir go rachaidh mé go dtí gach ionad aclaíochta atá in Adelaide tar éis obair go dtí go ngeobhaidh mé an duine ceart' ar sise léi féin.

She reached Paul's house and turned off the engine. She took out her phone and scrolled up and down until her breath and heart slowed. Then she sat back in the seat and listened in silence.

When she sat up again, she saw the door of Paul's house open and Paul and Aisling standing there laughing and beckoning Brid to enter. She grabbed her bag and left the car. She was stunned when Paul ran down the path, his hands outstretched. He grabbed her and threw her up in the air and turned the two of them around. When he let Bríd on the ground again, he kissed her deeply and slowly and whispered in her ear 'will you marry me?' She was gob smacked, but she said 'I will' from the heart.

HOME

Saoirse came home as often as she could until she got a job in Ireland. Over the years, she and Aisling became friends, and after the death of Aisling's mother, Saoirse moved in with Aisling to help her. Weren't they surprised when they fell in love with each other?

You would not believe how simple the answer was for a woman who wanted a child in her life without being bound to a man, and a woman who wanted nothing but her son, and a loving person to support her, woman or man.

Shroich sí teach Phóil, agus mhúch sí an t-inneall. Thóg sí amach a fón póca agus scrollaigh sí suas agus síos go dtí gur mhoill a hanáil agus a croí. Ansin luigh sí siar sa suíochán agus d'éist sí leis an gciúnas.

Nuair a shuigh sí suas arís, chonaic sí doras teach Phóil ar oscailt agus Pól agus Aisling ina seasamh ann ag gáire agus ag glaoch ar Bhríd teacht istigh. Rug sí ar a mála agus léim sí as an gcarr. Baineadh stangadh aisti nuair a rith Pól síos an cosán, a dhá láimh sínte amach. Rug sé uirthi agus chaith sé suas san aer í agus chas sé an bheirt acu timpeall. Nuair a lig sé Bríd arís ar an talamh, phóg sé í go domhain is go mall agus chogar sé ina cluais 'an bpósfaidh tú mé?' Fágadh ina staic í, ach 'Pósfaidh' ar sise ó chroí.

BAILE

Tháinig Saoirse abhaile chomh minic agus is féidir léi go dtí go bhfuair sí post in Éirinn. Thar na blianta, d'éirigh sí agus Aisling cairdiúil le chéile agus tar éis bás máthair Aisling, bhog Saoirse isteach le hAisling chun cabhair léi agus Peadar. Nach orthu a bhí an t-iontas nuair a thit siad i ngrá le chéile.

Ní chreidfeá cé chomh simplí is a bhí an freagra do bhean ar mhaith léi leanbh ina saol gan fear a bheith ag cur isteach uirthi agus bean nár mhaith léi aon rud eile ach a mac féin agus duine grámhar, chun tacaíocht a thabhairt di, bean nó fear.